iPad 2
玩家必读

张淼 刘鑫 编著

人民邮电出版社
北 京

图书在版编目（CIP）数据

iPad 2玩家必读 / 张淼，刘鑫编著. -- 北京：人民邮电出版社，2011.10
ISBN 978-7-115-26286-8

Ⅰ. ①i… Ⅱ. ①张… ②刘… Ⅲ. ①便携式计算机－基本知识 Ⅳ. ①TP368.32

中国版本图书馆CIP数据核字(2011)第180696号

内 容 提 要

　　本书是 iPad 玩家必备的实用工具书。全书包括 iPad 购机指南、iPad 基础操作、iTunes 基础操作、iPad 内置应用程序、iPad 应用程序精选、iPad 周边配件精选以及 iPad 常见问题解答等内容。本书以图文并茂的形式，通过详尽的操作步骤、一目了然的图解，以及穿插于书中的大量技巧，帮助玩家快速掌握 iPad 的使用方法，并全面了解 iPad 这个神奇的革命性产品。

　　本书的配套光盘中，独家附送了 AR.Drone 飞行指南、ePub 电子书制作教学、iPad 经典游戏介绍等实用的视频资料。

　　本书适用于所有 iPad 和 iPad 2 的用户，对于还没有购买 iPad 的读者，也不失为一本极具参考价值的图书。另外，读者可凭书中所附带的注册卡上网注册，将获得更多高级的 iPad 教程和意想不到的惊喜。

iPad 2 玩家必读

◆ 编　著　张　淼　刘　鑫
　　责任编辑　孟　飞

◆ 人民邮电出版社出版发行　　北京市崇文区夕照寺街 14 号
　　邮编　100061　　电子邮件　315@ptpress.com.cn
　　网址　http://www.ptpress.com.cn
　　北京鑫丰华彩印有限公司印刷

◆ 开本：880×1230　1/32
　　印张：8
　　字数：314 千字　　　　　　　2011 年 10 月第 1 版
　　印数：1—5 000 册　　　　　　2011 年 10 月北京第 1 次印刷

ISBN 978-7-115-26286-8

定价：35.00 元（附光盘）

读者服务热线：(010)67132692　印装质量热线：(010)67129223
反盗版热线：(010)67171154
广告经营许可证：京崇工商广字第 0021 号

目录

光盘说明

本书附带一张光盘，内容包括AR.Drone飞行指南、ePub电子书制作教学、iPad经典游戏介绍等实用的视频资料，可以通过配有光驱的电脑打开。为了减少光驱的磨损，并获得更流畅的播放效果，建议将光盘中的资料复制到电脑上观看，也可以将资料同步到iPad中观看。与iPad同步资料的方法请参考本书第3章的内容。

注册说明

本书的光盘包装中附带一张读者注册卡，只需登录网站：ｗｗｗ.easytimetv.com，在读者注册页面中填入卡片上的序列号和相关信息，就能免费下载更多高级的iPad、iPhone教程，并参加网站举办的苹果粉丝图书读者俱乐部活动，赢取幸运礼物。

第1章 iPad购机指南

首先感谢你阅读本书，如果你已经拥有了一台iPad，可以略过本章，直接阅读第2章的内容。

iPad魅力难挡

iPad是什么东西

2010年1月27日，苹果公司的CEO史蒂夫·乔布斯发布了一款被媒体嘲笑为大号iPod touch的产品——iPad。当时批评的声音不绝于耳，有人讥笑iPad的黑色边框太难看，有人嫌弃iPad不能浏览Flash网页，还有人下结论平板电脑早就被市场证明根本不可能成功，许多媒体对iPad都不看好。

事实却是这样，2010年4月3号，iPad正式在美国销售，3天卖出了10万台，28天卖出第100万台。不到一个季度，销售量便突破300万台，打破了之前所有消费类电子产品的销售记录，成为有史以来消费者最容易接受的电子设备，而此前占据这个头衔的是DVD播放器。截至2010年12月底，9个月内苹果在全球总共售出了1500万台iPad。这样的成绩令人瞠目结舌，当初的批评声不见了，媒体上充满了各种赞誉，各大网站的科技版头条争相报道关于iPad的一切消息，iPad甚至成了各公司年终奖奖品的首选。

当然，有人欢喜也有人悲伤，电脑市场内销售iPad产品和配件的商家笑得合不拢嘴，而销售上网本、电子书等产品的商家却苦不堪言，因为上网本和电子书的销量从此一落千丈。眼红的还有各大IT厂商，三星、摩托罗拉、惠普、联想纷纷表示将推出自己的平板电脑，还有更多不知名的山寨厂商也加入了竞争行列。就在各大厂商还没能推出一款足以和iPad竞争的产品的时候，2011年3月2日，苹果又发布了更新换代后的iPad 2，再次把对手远远地甩到了后面。

2011年5月6日，iPad 2正式在中国销售，这是当天上午人们在北京三里屯Apple Store门前排队购买iPad 2的景象。

这个让全球千万粉丝为之疯狂的iPad究竟是什么？史蒂夫·乔布斯说："这是一款介于手机和笔记本电脑之间的产品。"它有一个9.7英寸的触摸屏，比起手机的小屏幕，它可以更舒适地浏览网页、收发邮件、观看视频、查看地图和玩游戏。它只有不到700克的重量，却能够连续使用10小时，待机30天，比笔记本电脑更容易使用和携带。iPad是一款神奇的革命性产品。

Apple商业模式

2010年，苹果凭借着良好的业绩，超越微软，摘得全球市值最高科技公司的桂冠。2011年，苹果又超越Google，成为全球最具价值的品牌。其实，从2001年史蒂夫·乔布斯发布第一款iPod那天起，苹果就开始织造一张大网，每一个时尚电子产品的消费者都是它的猎物。人们心甘情愿地坠入网中，把银子交给苹果，然后还要附上赞美。难怪有评论认为苹果已然成为一种"宗教"，史蒂夫·乔布斯则是名符其实的"教主"。

苹果没有发明MP3播放器，也没有发明手机，但苹果把它们设计得更漂亮，让消费者更容易接受和使用。苹果的产品需要通过一个叫iTunes的软件进行管理。表面上看，iTunes软件只是用来管理iPod、iPhone和iPad的工具。实际上，苹果还经营着一个名为iTunes Store的在线数字媒体商店，它需要通过iTunes软件在联网的情况下进行访问。

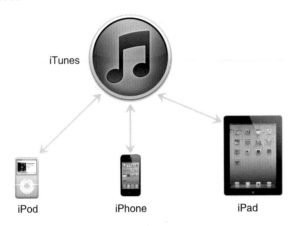

苹果通过iTunes Store将用户、唱片公司、影视公司、出版商、开发者紧密地结合在一起，把每个人都变成其生物链中的一环。用户在iTunes Store中购买和下载他们喜欢的音乐、电影、电视节目、图书杂志和应用程序，并将这些数字商品通过iTunes软件装进自己的苹果产品中。苹果再根据不同的分成比例，将大部分的销售收入分给唱片公司、影视公司、出版商和程序开发者，借此也带动了自身的产品销售。

这个模式看起来非常的合乎情理，用户在一个平台内就可以满足全部的需要。他们不用再为了想听一首歌而去唱片商店排队买下整张CD，iTunes Store内的歌曲可以按单曲或专辑进行购买，并提供30至90秒的试听；他们再也不会因为购买了只看一次便永远雪藏的蓝光DVD而懊悔，iTunes Store提供价格便宜的高清电影租赁和购买的服务。甚至所有的应用程序，用户一次购买之后，可以终身免费升级而不必再付任何费用。

多么的完美，似乎任何一家公司，把图中的苹果换掉，都可以顺理成章地维持这样一个商业模式。事实却并非如此，罗马不是一天建成的，苹果花了将近十年时间，才逐步构建并完善了这样一个模式，中间经历了外人无法想象的各种困难。

2001年iPod问世后，苹果经过了漫长而又艰难的谈判，终于获得全球五大唱片公司的许可，于2003年4月推出iTunes Music Store开始销售数字音乐。2006年iTunes Music Store更名为iTunes Store。2010年2月，iTunes Store售出了第100亿首歌曲。如今，iTunes Store已经拥有1800万首歌曲，是世界上最大的在线数字音乐商店。

1 0,0 0 0,0 0 0,0 0 0

10 billion songs downloaded from iTunes. And counting.

2007年iPhone问世，2008年7月iTunes Store中销售应用程序的App Store上线。而此时，人们早已习惯了通过iTunes Store购买商品，App Store一经推出便取得了巨大的成功。截至2011年6月，不到3年时间，App Store的应用程序数量超过40万，程序下载量超过了100亿次。苹果为程序的开发者们支付了超过25亿美元的分红，造就了许多普通程序员一夜之间变身百万富翁的神话。

百亿分感谢

App Store 下载量已达 100 亿次。感谢你的支持，助我们创此记录。

在巨大商业利益的驱动下，影视公司、出版公司、软件公司甚至许多自由职业的程序开发者，纷纷加入到苹果的生态圈中。英语里有一个物理学名词"Precession"，中文译为"旋进"，是指一群移动物体对另一群移动物体的影响，这个正好可以用来形容苹果的这种生态现象。而苹果的竞争者和模仿者们，现在只能望其项背，而无法逾越。

因此，iPad的成功不是简单的设计出一台漂亮的平板电脑而已。消费者购买iPad，除了美丽的外观，还将获得软件、服务、体验等更多的额外价值。

真的需要iPad吗

选择笔记本、上网本还是iPad

iPad不能完全代替电脑，实际上iPad和电脑是两种不同的设备。如果手里一台电脑都没有，建议先购买笔记本电脑。至于上网本，其实就是体积更小的笔记本电脑。受到体积缩小的影响，上网本在性能和质量上大幅缩水，性价比最低，不予推荐。如果已经有了一台电脑，希望在上网、娱乐、阅读、收发邮件、易用性和便携性等方面有更好的体验，推荐购买iPad。

选择山寨机、Android机还是iPad

Android是Google为智能手机和平板电脑开发的操作系统，包括知名IT厂商和山寨厂商推出的平板电脑，大部分都使用Android操作系统。iPad使用的是苹果自己的iOS操作系统，iPhone、iPod touch使用的也是iOS操作系统。

表面上看山寨机、Android机和iPad都是平板电脑，其实却相差很多。首先在外观上，其他平板电脑厂商远未达到苹果的工业设计水平。iPad超薄、超轻的机身，浑然一体的铝合金背壳，将科技与艺术完美地融合在一起。其次在硬件方面，iPad拥有支持多点触控的LED背光显示屏，强劲的双核CPU，10小时的超长电池续航能力，内置三轴陀螺仪和重力感应器，具备苹果独有的AirPlay无线播放和AirPrint无线打印功能，支持免费的FaceTime视频通话，其他厂商无人能出其右。

史蒂夫·乔布斯说："如果说硬件是我们产品的大脑和肌肉，软件就是产品的灵魂。"软件包括两方面，一是操作系统，二是应用程序。iOS是非常优秀的操作系统，界面友好，简洁易用，而且每次大的版本升级都带来数百项全新的功能。苹果尤其注重iOS各版本之间的相容性和连贯性，以确保应用程序能够完全兼容，确保用户体验不会出现差异。即使iPhone和iPod touch用户第一次使用iPad，也不会觉得有丝毫的障碍。

Android系统则不同，它的差异性不仅体现在智能手机和平板电脑之间，就连相同设备的各种版本之间也是千差万别。造成这种局面的正是Google和各家平板电脑厂商。Google的本质是一家广告公司，通过提供免费的搜索引擎、操作系统等服务，附带卖出更多的广告才是它的根本目的。由于大部分的硬件厂商没有能力开发平板电脑的操作系统，只能将"灵魂"的设计外包给Google。但是各个厂家的硬件指标并不相同，所以才弄出了五花八门的Android版本。

在应用程序方面，App Store中有超过10万个专为iPad开发的应用程序，内容包罗万象，几乎可以做任何事情。最重要的是，App Store中所有的应用程序，都要经过苹果公司的审核之后才能发布，这确保了iOS系统及其应用程序的安全和稳定，用户不必为病毒、木马、恶意程序而担忧。Android系统却没有这么省心，由于缺乏监管，应用程序的品质和安全性无法保证。而且程序在各种Android版本和不同的平板电脑之间还存在兼容性问题。在应用程序的质量和数量方面，Android平台不敌iOS平台。

山寨平板电脑的价格确实比iPad便宜，但是花1000多元买回一台质量一般、没有服务、缺少软件的电脑，就等于买回一块等待淘汰的废铁，其实是在浪费金钱。各大IT厂商推出的Android平板电脑，硬件和服务好于山寨平板电脑，但软件方面一样是跛脚，而且价格与iPad相比没有竞争优势。从性价比和保护投资的角度考虑，iPad是平板电脑的首选。

选择iPhone、iPod touch还是iPad

它们的定位完全不同，体积也不一样。但因为都使用iOS操作系统和多点触控操作，所以它们的某些操作体验是相似的。iPhone是智能手机，iPod touch是多媒体播放器，iPad是平板电脑。因此，可以看自己是缺一台智能手机，还是一台多媒体播放器，或者是一台工作兼具娱乐的平板电脑，这样就不难做出选择了。

iPhone　　　　　　iPod touch

iPad

总有一款适合你

选择iPad还是iPad 2

更轻、更薄、更快的iPad 2，是平板电脑理想的选择。iPad是苹果的第一代平板电脑，硬件性能相比iPad 2逊色许多，而且没有摄像头，不支持FaceTime视频通话，这是iPad一代先天的软肋。iPad一代早已停产，市面上销售的都是商家囤积的尾货，价格方面与iPad 2相比也没有优势，因此不予推荐。

选择Wi-Fi版还是Wi-Fi+3G版

Wi-Fi版iPad必须通过Wi-Fi无线网络才能上网，适合于在家庭和办公室使用。Wi-Fi+3G版iPad增加了3G模块，不仅可以通过Wi-Fi上网，只要有手机信号，就可以随时随地通过3G上网（3G上网服务需要另行购买），适合于在各种场合使用。此外，Wi-Fi+3G版iPad内置GPS模块，可实现卫星定位。相同容量的Wi-Fi+3G版iPad比Wi-Fi版iPad贵1000元左右。目前Wi-Fi+3G版iPad没有在中国正式销售，只能通过网购等方式购买。

选择16G、32G还是64G

如果只是在iPad上浏览网页、下载一些应用程序和图书、观看一两部高清电影、存储喜欢的音乐和查看电子邮件，16G机型可以提供足够的存储容量。如果除了这些之外，还想在iPad上存储大量音乐、更多的高清电影和电视节目、更加庞大的图书库和喜爱的照片，可以选择32G机型。如果想在iPad上存储尽可能多的歌曲、电影、电视节目、照片、图书和应用程序，64G机型是最佳选择。以下是目前官方售价。

Wi-Fi版iPad 2	16G	32G	64G
官方售价	3688元	4488元	5288元

选择黑色还是白色

iPad 2有黑白两种颜色的机型。另外，苹果专为iPad 2设计的Smart Cover保护套，有10种颜色可供选择。iPad 2+Smart Cover打造出缤纷的色彩组合。黑色经典，白色时尚，用户可以根据自己的喜好进行选择，实在无法做出决定时，抛硬币也不失为一个好办法。

iPad购买须知

关于购买时机

　　苹果公司的主流产品更新频率一般是每年一次。受到产品畅销、产能限制以及苹果销售策略的影响，新款iPad推出时奇货可居，许多经销商会加价销售，以牟取暴利。价格一般会在新产品推出半年之后回归正常。另外，苹果公司在产品更新换代时，会对老款产品降价促销，以清空库存。如果对产品的性能没有特殊要求，此时购买非常划算。2011年3月iPad 2发布之后，苹果将iPad一代的售价降低了1000元，但仅限于在苹果自己的Apple Store零售店和在线商店销售。

关于购买渠道

　　苹果的Apple Store零售店和在线商店，是苹果产品的最佳购买地点。Apple Store零售店全部由苹果直营，是苹果展示自身企业形象和产品的重要场所。用户可以在Apple Store零售店中试用和体验苹果的产品，获得专业的咨询，免费参加各种讲座。在中国大陆地区，苹果目前只在北京和上海开设了Apple Store零售店。另外，只有在Apple Store在线商店（http://store.apple.com/cn）购买iPad，才能获得免费的激光镌刻服务，把个性化的文字镌刻在iPad上。Apple Store在线商店现可为全国80多个城市提供免费送货服务。

如果用户所在的地区不属于Apple Store在线商店送货的范围，还可以选择当地的Apple授权经销商，或者通过京东商城（www.360buy.com）购买iPad。京东商城是全国最大的网络购物商城，提供免费送货和正规发票，送货范围覆盖全国。当然，用户也可以通过普通经销商或淘宝网等渠道购买iPad（比如Wi-Fi+3G版），但价格和质保方面可能无法得到保障。

最后，建议在购买iPad的同时，选购相应型号的iPad保护膜和保护套，以防止iPad被划伤。

提示：在Apple Store零售店和在线商店购买的产品，14天之内可以无条件退货。如果所购产品在14天之内降价，还可以获得差额补贴。

第2章 iPad基础操作

如果你刚刚拿到一台新的iPad，先道声恭喜。但是请不要急着去开机，也许从来没有人告诉过你，有一些准备工作是要在iPad开机之前完成的。

开机前的准备工作

保护好iPad

iPad配备的9.7英寸（24.6厘米）触摸屏，带给用户流畅的触控体验，但它也是最容易被划伤的部位。除此之外，iPad背部极具质感的铝合金外壳，也容易因磕碰而受伤。因此，建议必要的保护工作在iPad开箱之后立刻完成。也许有人会说"我会十分小心"，但是根据经验，iPad一旦被划伤，是无法像Word里打错字一样按Ctrl+Z进行恢复的，到那时后悔晚矣。

屏幕保护膜和后背保护壳属于iPad保护措施中的基本装备，更多的保护装备请参考第6章的介绍。其实做好iPad的保护还有另外一个意义，如果将来希望把手里的iPad卖掉，一台外观完好的机器可以卖个更好的价钱。

互联网和无线路由器

iPad首次开机时要求进行联网激活，否则无法使用。另外，iPad的许多功能都涉及了互联网，并且只能通过Wi-Fi或3G方式进行网络访问，因此准备一台无线路由器是非常必要的。

Mac或PC

iPad需要通过电脑进行资料的同步，所以至少需要准备一台可以上网的电脑，Mac或者PC皆可。

iTunes软件和Apple ID

iTunes是iPad的管理软件，必须先安装在电脑上。如果电脑里没有iTunes，可以从苹果官方网站 http://www.apple.com.cn/itunes/download/ 免费下载。iPad激活并启动后，还要使用Apple ID（苹果帐户）进行iPad的设置，如果还没有Apple ID，请参考第3章的方法进行注册。

激活

按住iPad右上角的电源开关，直到屏幕上出现白色的苹果标志，稍等片刻屏幕上会出现提示，这时用随机附带的USB线缆将iPad与电脑进行连接，然后启动电脑上的iTunes软件，确保此时电脑能够访问互联网，iTunes将自动激活iPad。

iPad激活之后，iTunes将出现注册画面，简单注册之后即可开始使用iPad。

1. 进入欢迎界面，点击右下角的"继续"按钮。

2. 勾选"我已经阅读并同意'iPad软件许可协议'"，点击右下角的"继续"按钮。

3. 使用Apple ID进行注册，填入自己的Apple ID邮件地址，点击右下角的"继续"按钮。

4. 根据提示填写注册信息，完成之后点击右下角的"提交"按钮。

5. 最后出现设置"查找我的iPad"，第4章的电子邮件Mail有详细的介绍，直接点击"以后再说"按钮完成注册。

外观与界面介绍

开关及功能

苹果的产品设计简单至极，iPad全身上下只有4个开关。

❶ **Home按钮**：用来退出应用程序或回到主屏幕，还有多种组合功能可以使用。

❷ **电源开关**：轻按一下可以将iPad唤醒或休眠，长按可以将iPad开机或关机。

❸ **侧边开关**：可定义为"锁定屏幕旋转"或者"静音"。

❹ **音量按钮**：调整iPad的音量大小。

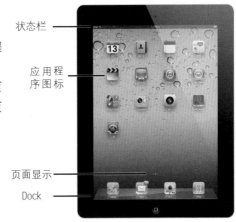

❶ **状态栏**：显示Wi-Fi网络、时间、定位、电池电量等状态信息。

❷ **应用程序图标**：每一个代表一个程序，轻按即可启动程序。

❸ **页面显示**：圆点的数量表示程序页面的数量，iPad最多可以拥有11个页面，第一页又称为主屏幕。

❹ **Dock**：常用的程序可以放在这里，不会随着页面变换而改变。

状态栏

应用程序图标

页面显示

Dock

快速设置

为了更好地使用iPad，需要进行一些快速设置。轻按主屏幕的设置图标进入iPad的设置。

飞行模式与Wi-Fi

❶ 携带iPad乘坐飞机时请打开"飞行模式"，以防止无线信号影响飞行安全。

❷ 轻按"Wi-Fi"开启无线网络访问功能。

❸ 选择准备加入的Wi-Fi网络，输入访问密码后，iPad会自动保存该网络的信息。

密码设置

进入"通用>密码锁定"，设置iPad开机访问密码，可以防止他人随意使用自己的iPad。

访问限制

在"通用"中开启访问限制，可以限制对部分程序的访问，限制购买（安装）应用程序或删除iPad中的应用程序，并可以防止他人更改邮件帐户。

锁定/解锁iPad外壳

如果使用了iPad 2的Smart Cover，在"通用"中会多出一项"锁定/解锁iPad外壳"，用来设置合上/打开Smart Cover时将iPad自动休眠/唤醒。

"锁定屏幕旋转"与"静音"的切换

在"通用"中可以将侧边开关定义为"锁定屏幕旋转"或"静音"。iPad内置重力感应装置，可以根据iPad摆放的方向自动旋转屏幕的画面。躺在沙发或床上使用iPad时，如果不希望屏幕自动旋转，可以开启"锁定屏幕旋转"。

语言与输入法

进入"通用>多语言环境"，在"语言"选项中，可以为iPad设置不同语言的界面。还可以在"键盘"选项中添加各种输入法。

电池百分比

iPad的电池可以持续使用10个小时，在"通用"中打开"电池百分比"，可以估算出iPad的剩余电量。比如电池显示为30%，意味着剩余电量还可以使用3小时左右。

快速上手

下面是一些iPad基本的使用技巧，了解它们有助于快速地掌握iPad。

开关组合

Home按钮和电源开关是iPad使用率最高的两个开关，对它们进行组合操作，可以使用更多的功能。

开关	操作方法	功能
Home按钮	按一次	退出程序或回到主屏幕
Home按钮	按两次	打开多任务处理状态栏
电源开关	按一次	唤醒或休眠
电源开关	长按3秒	开机或关机
Home按钮 + 电源开关	同时按下	截取屏幕
Home按钮 + 电源开关	同时长按5秒	强制关机

iPad使用的不是普通触摸屏，而是具有多点触控功能的触摸屏。所谓多点触控，意味着可以用多个手指同时触摸屏幕进行控制。

轻按: 启动程序
或选择物体

轻按两下: 放大、缩小网页
或图片; 影片进入全屏或退出
全屏模式; 选中文字或词组

两指轻按:
选中文字段落

按住: 选取文字

双指向内捏:
缩小网页或图片

双指向外张开:
放大网页或图片

双指转动: 旋转图片

滑动: 翻页、滚动
页面、移动物体

文字输入

在需要输入文字的时候，iPad会自动打开虚拟键盘。在文字上轻按两下，或按住文字不动将出现文字选择框，拖动蓝色光标将出现放大镜，有助于精确地选取文字，对选中的文字可以进行剪切、拷贝和粘贴等处理。

虚拟键盘常用技巧

操作方法	功能
轻按退格键 ⌫	删除前一个字符
连按两次空格	快速输入句号
轻按Shift键⇧，再按字母	输入大写字母
连按两次Shift键⇧，它变成蓝色后输入的字母全部都是大写字母	锁定大写字母
轻按数字键 .?123 切换到数字和标点符号，轻按标点键 #+= 显示更多标点符号	显示数字和标点符号
轻按输入法键⊕可切换不同的输入法，按住⊕不动，可显示全部的输入法	切换输入法
按住相关的字母或符号不放，可出现字母或符号的变体，滑动以选取即可输入	输入键盘上没有的字母或符号
轻按键盘键 ⌨	隐藏虚拟键盘

搜索资料

在主屏幕向右滑动屏幕或按一次Home按钮，可以打开搜索界面，在这里能够快速搜索iPad中的资料。在搜索界面向左滑动屏幕或按一次Home按钮即可回到主屏幕。

多任务管理

打开一个应用程序之后，按下Home按钮将退出这个程序，但它并没有被真正关闭，而是隐藏在系统的后台，这时还可以再启动其他的应用程序。如果需要在不同的程序之间进行切换，只需要快速地连按两次Home按钮，屏幕在Dock的位置会显示正在后台待命的程序，左右滑动程序图标可以浏览系统后台中的所有程序，轻按一下程序图标，即可在当前程序和后台程序之间进行切换，iPad通过这种方法进行多任务的管理。

如果希望将程序真正关闭，首先快速连按两次Home按钮，出现后台程序图标后，按住图标不放，直到出现 ● ，再轻按 ● ，即可真正地关闭程序。轻按一次Home按钮退出关闭程序状态。

亮度、音量调节

快速连按两次Home按钮，在屏幕底部用手指从左向右滑动，将出现隐藏的亮度、音量控制界面。

❶ 如果在"设置>通用"中定义了侧边开关为"静音"，这里将出现"锁定屏幕旋转"的图标，否则将出现"静音"。

❷ 屏幕亮度调节。

❸ 音乐播放控制按钮。

❹ 音量调节。

❺ iPod图标，可以快速启动iPod程序。

程序和文件夹管理

❶ 按住屏幕上的程序图标不放，直到图标开始晃动，左右拖曳图标，可以重新调整程序图标在屏幕上的位置。

❷ 在图标晃动的情况下，如果图标上出现 ⊗，轻按 ⊗ 将删除这个程序。不过iPad内置的程序是无法被删除的。

❸ 在图标晃动的情况下，如果把图标拖曳到另外一个图标上，会建立一个文件夹。可以把多个程序拖曳到一个文件夹里以便快速访问，还可以自己定义文件夹的名字，一个文件夹最多可以装入20个程序。从文件夹中移除所有的图标，空文件夹将自动被删除。利用文件夹，可以对程序进行分类管理。轻按一次Home按钮可退出程序和文件夹管理状态。

更换墙纸

在"设置>亮度与墙纸"选项中，可以调整屏幕的亮度，还可以挑选自己喜欢的图片，设置为iPad屏幕的背景。

第3章 iTunes基础操作

iTunes与iPad的关系

　　iTunes是苹果推出的一款跨平台的免费多媒体播放和管理软件，也是iPad的管理控制中心，用户只能通过iTunes将电脑中的资料导入iPad。许多初次接触苹果设备的用户，面对iTunes会有一种无从下手的感觉，这是因为对iTunes的基本概念还不够了解，所以本节先来介绍一些iTunes的关键词。

　　打开iTunes之后，左侧第一个区域是"资料库"，我们可以把资料库想象成一个"图书馆"，电脑里的资料就相当于书，而用户就是这个图书馆的管理员。图书馆的书是分类存放的，iTunes资料库的资料也是按类别保存的，其类别包括音乐、影片、电视节目、Podcast、iTunes U、图书、应用程序、铃声和广播。点击类别的名称，iTunes会在右侧主体区域显示相应的资料。

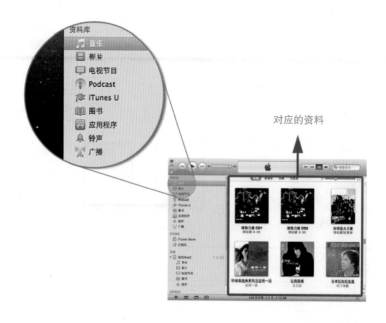

对应的资料

通过iTunes软件的菜单命令"文件>添加到资料库"，或者通过从文件夹向iTunes资料库拖曳的方式，可以把电脑中的资料加入iTunes资料库中。iTunes会根据资料的类型，自动把它们放到相应的类别中。选中iTunes资料库里的资料，按下Delete键即可将其删除。

左侧第二个区域是"Store"，这里是iTunes的在线商店。用户可以在商店中购买音乐、电影、软件等商品，购买的商品会自动添加到资料库。购买商品之前，用户需要先注册一个自己的帐户，用来管理付款并记录购物信息。这个帐户就是"iTunes Store帐户"，又称为"Apple ID"。出于国家法律和语言差异的考虑，iTunes商店是按国家和地区来划分的，每个Apple ID只能访问相应国家的商店。

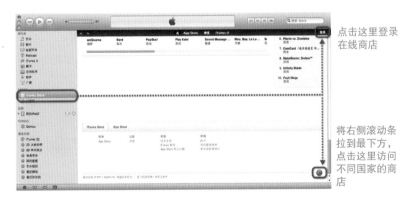

点击这里登录在线商店

将右侧滚动条拉到最下方，点击这里访问不同国家的商店

各国商店的内容也不相同，比如中国商店的商品以中文的居多，美国商店的商品以英文的为主。中国商店只有App Store（软件商店）、Podcasts（播客）、iTunes U（iTunes教育专栏）3个栏目。美国商店除了这些，还包括Music（音乐）、Movies（影片）、TV Shows（电视节目）、Books（图书）、Ping（音乐社区）等内容。

　　iPad与电脑连接后，会出现在iTunes左侧的设备列表中，我们可以把iPad看作一个"书包"。图书馆管理员的一项重要工作，就是把图书馆里的书，借给带着书包来图书馆的读者。这里的读者，可以是用户自己，也可以是其他任何人，比如家人、朋友、同事。帮读者把书装进书包的过程称为"同步"。

　　图书馆的书非常多，而书包的容量是有限的。只把读者需要的书装进书包，称为"手动同步"。有时管理员为了省事，也可以选择把所有的书统统塞进书包，这叫"自动同步"，不过这样做的前提是有一个足够大的书包。后续章节会详细介绍手动同步与自动同步的技巧。

这里显示iPad剩余空间

为了保护已购买商品的版权，苹果规定一个Apple ID最多只能对五台电脑授权使用购买的商品，这可以方便用户在多台电脑上（比如家里、学校或单位）播放购买的音乐或安装购买的程序。在iTunes软件的Store菜单下，可以找到"对这台电脑授权"和"取消对这台电脑的授权"的命令。

技巧提示：如果要对第六台电脑授权，必须先取消对另一台电脑的授权。如果要重装电脑操作系统或进行电脑硬件升级，记得要先取消对这台电脑的授权，否则授权会重复计数。另外，在将电脑送修或卖掉之前也要记得取消授权。

iTunes Store使用技巧

注册帐户

使用电脑或iPad都可以注册Apple ID。需要提醒的是，按照常规的注册流程，用户必须拥有一张可以使用美元消费的信用卡，否则无法注册。如果暂时没有信用卡，可以按照下面介绍的"特殊"方法进行注册。这个方法的秘诀只有一句话：购买免费的程序无需信用卡。

我们先以中国帐户为例，介绍如何在电脑的iTunes软件中注册，稍后再以美国帐户为例，介绍在iPad中的注册方法。

1. 确认现在位于中国的iTunes商店。将iTunes右侧滚动条拉到最下方，可以看到圆形国旗图标。如果不是中国国旗，先点击国旗图标，然后找到并点击China，切换到中国商店。

2. 在iTunes Store的App Store页面中，将右侧滚动条下拉到"免费应用软件"排
   行榜的位置，任意选择一个免费程序，点击程序名称旁边的"免费"按钮，在弹
   出的对话框中点击"创建新帐户"按钮。

3. 进入欢迎页面，点击"继续"按钮。

4. 勾选"我已阅读并同意以上条款与条件"，然后点击"继续"按钮。

5. 按照屏幕上的提示，填写个人注册信息，然后点击右下角的"继续"按钮。请注意这里填写的电子邮件地址将成为用户的Apple ID，因此该邮件地址必须真实，而且可以正常收发邮件。

6. 这一步是免信用卡注册的关键。选择"无"之后，填写个人信息，点击右下角的"继续"按钮。如果有信用卡，可以根据自己信用卡的类型（Visa维萨、MasterCard万事达、Amex美国运通）进行注册。

7. 注册完成后，点击右下角的"完成"按钮，然后到注册时设定的邮箱中收取验证邮件。

8. 登录设定好的邮箱，会收到一封"请验证您 Apple ID 的联系人电子邮件地址"的邮件，点击邮件中的"立即验证"进行帐户验证。

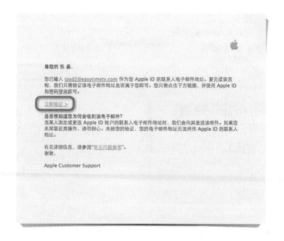

9. 输入注册Apple ID时所填写的邮件地址和密码，点击"验证地址"。

10. 出现"电子邮件地址已验证"，表明Apple ID注册成功。点击"返回到Store"回到iTunes Store，再次输入帐户和密码，就可以在iTunes中购物了。

技巧提示：如果没有收到验证邮件，请先检查"垃圾邮件"。如果过了很长时间还没有收到，尝试更换其他电子邮件地址重新注册Apple ID。

下面介绍在iPad中注册Apple ID的方法。

1. 确认iPad已经连接到互联网，然后打开App Store程序。

2. 任意选择一个免费程序，轻按程序图标下方的"免费"按钮，然后轻按"安装此程序"，在弹出的菜单中选择"创建新Apple ID"。

3. 在国家和地区中，轻按Store的右侧，在弹出的菜单中找到并选择United States（美国），然后轻按"下一步"按钮。

4. 出现iTunes Store服务
条款，将页面拖到最下
方，按下"Agree"按
钮，弹出提示后，再次
按下"Agree"按钮同意
条款。

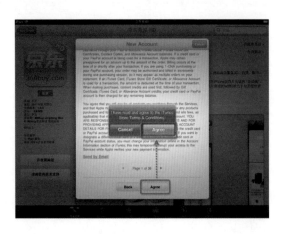

5. 依次填写Email（电子邮
件地址）、Password（密
码）、Verity（再次输入
密码）、Question（忘记
密码时的自定义问题）、
Answer（自定义问题的
答案）、Month（出生月
份）、Day（出生日期）、
Year（出生年份），然后
轻按"Next"按钮。

6. 这一步是成功注册美国
帐户的关键。轻按Credit
Card的右侧，从弹出的菜
单中选择None，表示无信
用卡。

7. iTunes Gift Cards and Certificates下面的Code不必理会，直接填写Billing Address下面的用户信息，Salutation（称谓：Mr.先生、Mrs.夫人、Ms.女士、Dr.博士）、First Name（名字的拼音）、Last Name（姓氏的拼音）、Address（地址）、City（城市）、State（州）、Zip（邮编）、Phone（电话，第一栏是区号），然后轻按"Next"按钮。

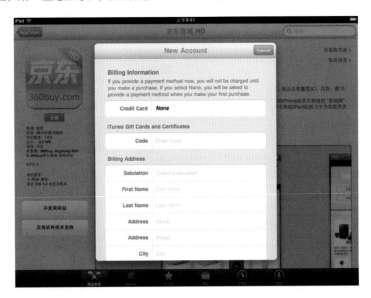

注意，如果地址等信息是虚构的，注册将无法继续。如何获得一个真实的美国地址呢？这里介绍一个"非官方"的技巧，访问苹果官方网站http://www.apple.com/retail/storelist/，可以找到美国所有的Apple Store零售店地址，这些地址可以用来注册。比如我们选择著名的纽约第五大道Apple Store零售店地址进行注册。

8. 轻按右上角的"Done"按钮，然后到注册时设定的邮箱中收取验证邮件。

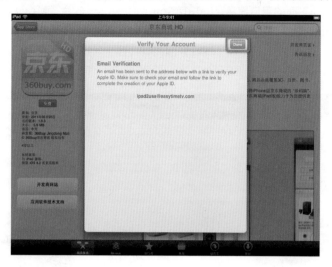

9. 用户将收到一封名为"Please verify the contact email address for your Apple ID"的邮件，点击邮件中的"Verify Now"进行帐户验证。

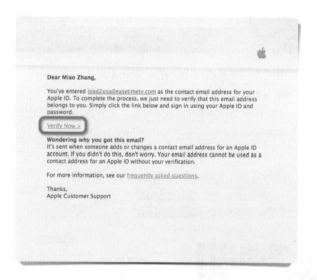

10. 验证的过程与前面一样。验证完成后，打开iPad的设置程序，选择"Store>登录"，或者打开App Store程序，将页面拖到最下方，轻按左下角的"Sign In"按钮，在弹出的菜单中选择"Use Existing Apple ID"即可用注册好的帐户进行登录。

购买程序

　　进入iTunes Store的App Store软件商店，点击"iPhone"和"iPad"按钮可以切换不同程序的专题页面。专题首页有新品推荐、热门产品、员工最爱、快速链接和排行榜等栏目。

将鼠标移到App Store上，会显示一个隐藏的三角形，点击之后出现更详细的程序分类。

找到需要的程序后，直接点击程序图标下方的按钮即可开始购买。如果按钮是"免费应用软件"或"Free App"，表示程序是免费的。如果按钮上有$美元符号，说明该程序需要花钱购买。比如有程序显示$0.99，表示该程序售价0.99美元。有些程序下方还会有一个┼符号，表示这是一个通用版本的程序，对iPad、iPhone和iPod touch都适用。这样的程序只需购买一次，就可以同时给自己的iPad、iPhone和iPod touch使用，非常合算。

免费应用软件 ▼

类别: 生活
更新: 2011年05月25日
当前版本: 1.0.3
1.0.3
大小: 5.9 MB
语言: 中文
开发商: 360buy Jingdong Mall
© 360buy京东商城 版权所有

$2.99 购买应用软件 ▼

┼ 此应用软件对 iPhone 和 iPad 都适用。
类别: 工具
更新: 2011年05月14日
当前版本: 2.4.8
2.4.8
大小: 2.3 MB
语言: 英语
开发商: InMethod s.r.o.

Free App ▼

Category: Games
Updated: May 19, 2011
Current Version: 1.1.1
1.1.1
Size: 17.4 MB
Language: English
Seller: Rovio Mobile
© Rovio Mobile Ltd

$0.99 Buy App ▼

┼ This app is designed for both iPhone and iPad
Category: Weather
Updated: Jan 06, 2011
Current Version: 1.5.5
1.5.5
Size: 228 MB
Languages: English, French, German, Italian, Russian, Spanish

点击按钮开始购买后，iTunes会提示输入Apple ID和密码。如果是收费程序，还会弹出一个提示窗口告知用户"信用卡将被收费"，请用户确认是否进行购买，以防止不小心点错按钮而误消费。需要注意的是，使用iPad直接购买应用程序时没有"信用卡将被收费"的提示。

还有一种特殊形式的商品，只能在一些iPad程序中进行购买，因此被称为"应用程序内购买"。这类商品在程序的介绍页面中会显示为"热销插件"，一般是程序附加功能的插件，或者是可以分期订阅的杂志，还有一些是游戏中的道具。

为了防止不小心购买到这些插件，可以在iPad的设置程序中，打开"通用>访问限制"，关闭"应用程序内购买"。

App Store中的应用程序超过40万个，其中三分之一左右是完全免费的，大部分收费程序的价格在0.99美元左右，约合人民币6.5元。有些应用程序的开发商为了促销，会不定期地将收费程序降价甚至免费销售，当然随时都有可能涨回原价。当程序价格降至0.99美元时（收费程序的最低价格），称为"冰点"。而免费促销活动一般都有时间限制，因此也称为"限时免费"。

根据苹果的规定，凡是购买过的程序，不论该程序今后是否涨价，用户都不必再付费，并可享受程序新版本的终身免费升级。需要注意的是，应用程序内购买的某些游戏道具（比如游戏币）属于消耗品，用过之后不能享受免费升级，必须重新购买。

帐户绑定了信用卡的用户，有时会收到银行发来的"消费1美元"提示短信，其实这是iTunes Store用来验证信用卡是否有效的授权请求。为保证帐户的安全，每当用户更新Apple ID信息时，用新设备或在新地点登录Apple ID时，以及免费下载、更新或付费购买了应用程序后，iTunes Store通常都会提出信用卡的授权请求，金额是1美元整。不必担心，这只是暂时冻结并非真正扣款，银行稍后会负责撤回此款。

用户使用信用卡消费，iTunes Store会采用记帐的方式，一段时间之后才对用户的消费进行结算，这时信用卡会被真正扣款。在iTunes软件的Store菜单下点击"显示我的帐户"，可以查看自己的购物记录，用户的注册邮箱也会定期收到苹果寄来的收据邮件。用户可通过这些资料与自己的信用卡帐单进行核对，检查自己的消费情况。

购买记录

iTunes 10.3以上的版本，支持在iTunes Store中查看用户购买商品的历史记录。用户可以无限次地免费下载所有购买过的商品，因此永远不必担心购买的商品丢失。

1. 通过iTunes Store页面右上角的快速链接栏目，可以进入"已购项目"。

2. "已购买"页面中，显示用户购买过的所有商品，包括应用软件和书籍。当前资料库中已存在的商品显示为"已下载"；当前资料库中没有的商品显示为  ，点击这个图标即可将它下载到资料库中。

自动下载

iTunes 10.3以上的版本，支持iTunes自动下载用户在其他设备上新购买的商品。比如用户在iPad上新购买了一个游戏，只要在iTunes中以相同的Apple ID登录，电脑即可自动下载这个游戏。

在 iTunes 中使用菜单命令"iTunes>偏好设置"（Mac系统）或"编辑>偏好设置"（Windows系统），点击"Store"，选择是否自动下载"应用程序"或"图书"。

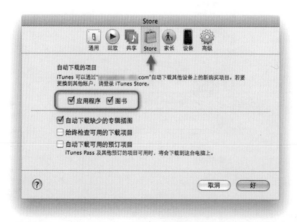

更新程序

　　程序开发商不断地升级和完善应用程序，用户可以享受免费的程序升级服务，这也是App Store最具吸引力的地方。使用Apple ID登录之后，在iTunes资料库的应用程序栏目中可以检查程序的更新。

先点击这里检查
程序的更新

　　所有可以更新的程序会出现在iTunes Store中，点击"Download All Free Updates"按钮可以下载所有免费更新的程序，也可以点击程序旁边的"GET UPDATE"按钮进行逐个更新。

再点击这
里下载所
有免费更
新的程序

技巧提示：iTunes Store的服务器在美国，因此中国用户访问和下载的速度比较慢。建议使用电脑的iTunes软件下载和更新应用程序，然后再同步到iPad中。

　　喜欢一个程序但是不想立刻购买，可以
把它保存到自己的"愿望清单"中，以后再
买。点击购买按钮右侧的三角形，选择"添
加至愿望清单"即可。

　　将鼠标移到Apple ID名称的右侧，会出现一个隐藏的三角形，点击之后会弹出
一个菜单，从这里可以访问自己的愿望清单。

鼠标移到帐户
名称最右侧出
现三角形后再
点击

　　愿望清单中会显示清单的总数量和总价格，如果发现某个程序的价格已经显示
为"免费"，请立刻买下以免涨价。点击程序图标左上角的❌符号可以从愿望清单
中删除该程序。

点击图标左上角❌符号
表示从愿望清单中删除

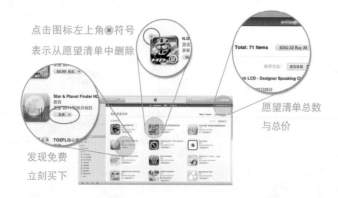

愿望清单总数
与总价

发现免费
立刻买下

赠送礼品

用户可以将应用程序作为礼物送给自己喜欢的人。点击购买按钮右侧的三角形，选择"赠送此应用软件"即可进入赠送礼品页面。

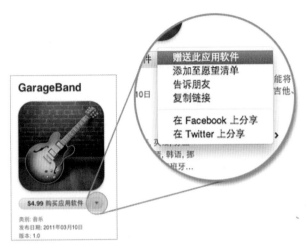

进入"赠送礼品"页面后，可以填写个人留言等信息，并选择以电子邮件或自己打印的方式将礼品券赠送给别人。点击右下角的"继续"按钮完成礼品的赠送。

兑换代码

兑换代码（Redeem Code）有三个作用。第一个作用是兑换礼品。如果收到了别人赠送礼品的电子邮件，点击邮件中的"兑换"即可登录iTunes Store自动进行礼品的下载；如果收到了打印的礼品券，可使用礼品券下方的兑换代码进行礼品的下载。

第二个作用是通过兑换下载正在促销的应用程序。程序开发商有时会提供一些兑换代码来推广自己的应用程序，拿到代码的用户可以通过兑换的方式免费下载该程序。这种促销用途的代码都有使用期限，拿到后请尽快兑换以免失效。

第三个作用是给Apple ID充值。美国的iTunes Store出售一种iTunes礼品卡（iTunes Gift Card），类似中国的电话充值卡。通过兑换的方式可以为Apple ID充值，即使这个帐户没有信用卡也可以使用iTunes礼品卡充值。中国区的iTunes Store暂不支持充值。

在电脑上完成兑换首先需要打开iTunes软件，将鼠标移到Apple ID名称的右侧，会出现一个隐藏的三角形，点击之后会弹出一个菜单，选择"兑换"进入兑换页面，输入兑换代码后点击右下角的"兑换"按钮即可完成兑换。

鼠标移到帐户名称最右
侧出现三角形后再点击

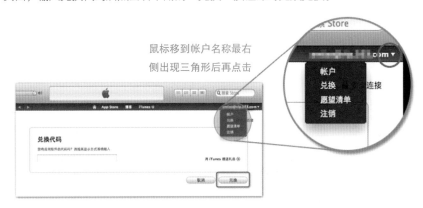

在iPad上完成兑换需要打开App Store程序，将页面拖到最下方，轻按"兑换"按钮，输入兑换代码后轻按右上角的"兑换"按钮即可完成兑换。

申请退款

根据苹果公司的政策，iTunes Store中的商品一旦售出，恕不退换。不过在极少数的情况下还是可以申请退款的。这些情况包括：商品出售之后，在用户下载之前就下架了；因为网络故障等技术问题导致用户购买的商品无法下载。此外，用户赠送给他人的礼品，如果接收人的设备不兼容而无法兑换（比如送给iPhone用户一个iPad程序），也可以申请退款。

下面介绍申请退款的方法。

1. 登录自己的电子邮箱，找到并打开购买程序后苹果寄来的收据邮件，找到想要退款的程序，点击程序名称下的"报告问题"。

2. iTunes会启动并提示输入Apple ID和密码，然后进入帐户的购物记录页面，点击想要退款程序右侧的"报告问题"。

3. 进入报告问题页面后，首先在问题列表中选择自己的问题属于哪种情况，包括：

I didn't receive this item（我没有收到这个程序）

I inadvertently purchased this item（我无意中购买了这个程序）

This item sounds or looks bad（这个程序听起来或看上去很糟糕）不要选此项!

MZCancellationReason.NotCompatible（程序与设备不兼容）

My question isn't listed here（我的问题不在上述情况中）

    如果选择了"This item sounds or looks bad"，苹果会让用户直接与程序开发商联系，将无法退款。接下来可填写具体情况的说明，然后点击右下角的"提交"按钮。苹果要求使用英文、西班牙文、法文、德文或日文填写说明，经验证在中国区的iTunes Store可以使用中文填写并提交问题报告。

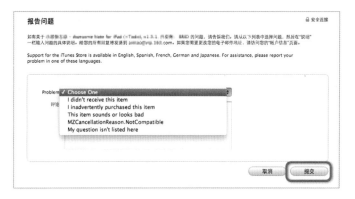

4. 3个工作日内，苹果的客服代表会通过电子邮件进行回复，并给出相关建议。如果退款审核通过，苹果会在5到7个工作日内，将退款打入用户的信用卡。退款成功后可以在Apple ID的购物记录中看到相关信息。

苹果拥有是否退款的最终决定权。用户在购买程序之前应当先考虑清楚，不要随意买下又后悔，而去申请退款，这样会影响用户在iTunes Store的信用记录。另外，一些贪小便宜的做法就更不可取。比如刚买下一个程序，发现降价或限时免费了就借故申请退款，然后再低价买回。如果用户多次恶意退款，会有被封掉Apple ID的风险，那时将得不偿失。

免费订阅

Podcasts（播客）和iTunes U（iTunes教育专栏）是iTunes Store中两个非常有特色的栏目。Podcast是iPod（苹果的MP3播放器）与Broadcast（广播）的合成词，是一种网络广播形式的声讯和视频节目，其内容包罗万象。iTunes U汇集了来自世界各地的一流大学、博物馆和其他文化机构的教学媒体资源，拥有超过25万个讲座、演示文稿、视频和有声读物，年下载量超过3亿次，是世界上非常流行的在线教育服务。

Podcasts和iTunes U的内容全部免费。不同于传统的广播和电视，它们不是直播型的节目，可以直接下载或者采取订阅的方式进行收听和收看。用户也可以先试听或预览，再点击订阅，喜爱的内容就会自动定期下载到iTunes资料库中。

iTunes同步技巧

初次接触iTunes的用户经常问：为什么叫同步资料，而不叫拷贝资料？看起来都是把电脑里的资料传输到iPad中，同步和拷贝有什么不同？用一句话来解释同步，即"让两台设备中的资料保持一致"。电脑和iPad任何一方的资料发生了变化，同步之后双方会重新保持一致。比如在电脑的通讯录里增加、删除或修改一位联系人，同步之后iPad的通讯录里也会增加、删除或修改相应的联系人，反之亦然。

自动同步

iPad激活或恢复出厂设置后，iTunes会提示对iPad进行设置，默认为设置成新的iPad。如果以前进行过iPad或其他iOS设备的备份，也可以从这里恢复成原来的设置。

选择设置为新的iPad后，可以给自己的iPad起一个喜欢的名字。接下来选择需要同步哪些资料，默认是自动将资料库里的歌曲和应用程序同步到iPad，点击"完成"按钮，iTunes立即开始同步。

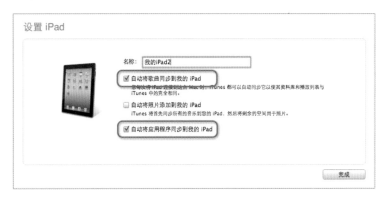

iTunes还会提示"让iTunes在iPad连接到电脑时自动打开"，建议选择"否"。因为有时把iPad连接到电脑上只是希望充电或者导出照片，并不需要打开iTunes。

　　默认情况下，iTunes只把资料库中的应用程序、音乐、Podcast和图书同步到iPad，而信息、影片、电视节目、iTunes U和照片，需要用户逐个确认是否同步。

　　进入iPad的信息设置页面，可以选择将iPad与电脑的通讯录、日历、邮件帐户、浏览器书签、备忘录等信息进行同步。对于Mac系统，iPad会与电脑中的地址簿、iCal、Mail和Safari进行同步；对于Windows系统，iPad会与电脑中的Outlook、Safari或IE浏览器进行同步；用户也可以选择Yahoo或Google的通讯录进行同步。注意，邮件帐户设置只能从电脑单向同步到iPad，这样即使在iPad上自定义了邮件帐户，也不会影响到电脑上的邮件帐户设置。选取需要同步的项目，点击"应用"按钮即可开始同步，如果要还原到以前的设置，请点击"复原"按钮。

进入影片设置页面，选择"同步影片"之后，再选择同步哪些影片。点击右下角的"应用"按钮开始同步。音乐、电视节目、Podcast、iTunes U和图书的设置与影片的设置相似。

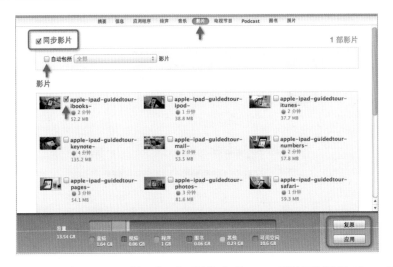

进入照片的设置页面，选择"同步照片"之后，Mac系统可以选择iPhoto等程序的相簿或文件夹与iPad同步，Windows系统可以选择Photoshop Elements等程序的照片集或文件夹与iPad同步。点击右下角的"应用"按钮开始同步。

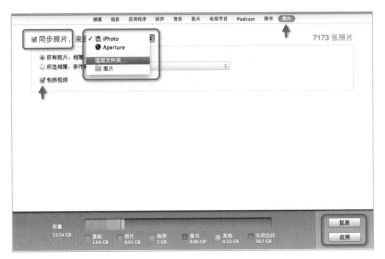

完成以上个性化的设置之后，iPad会记住这些同步选项。点击摘要页面，确认已经选中"连接此iPad时打开iTunes"的选项。在iTunes软件打开的情况下，今后每次将iPad与电脑连接，无需干预，iTunes会按照设置与iPad自动同步。

同步的过程中，可以随时拖动iPad上的解锁滑块来取消同步。同步完成之后，点击iTunes设备列表中iPad名称右侧的⏏符号，断开iPad与iTunes的连接，然后再断开iPad与电脑的连接线即可。如果同步没有结束就直接断开设备之间的连接线，将造成iPad正在同步的数据丢失。

手动同步

自动同步简化了操作的过程，但是当资料库的容量超过了iPad的容量，将无法进行同步，而且资料越多同步的速度越慢，这时可以选择手动同步。进入摘要页面，在选项中取消"连接此iPad时打开iTunes"，否则iPad始终会自动同步。也可以强制关闭自动同步，在iTunes中使用菜单命令"iTunes>偏好设置"（Mac系统）或"编辑>偏好设置"（Windows系统），点击"设备"，选择"防止iPod、iPhone和iPad自动同步"。以后就可以手动选择需要的资料再进行同步了。

iTunes还提供了一种更加灵活的方式来管理需要同步的内容。进入摘要页面，选择"手动管理音乐和视频"，然后点击右下角的"应用"按钮。

选择手动管理音乐和视频之后，音乐、影片、电视节目和图书的同步选项将被禁止。这些资料将使用手动的方式进行管理。从iTunes资料库或者电脑的文件夹里选中资料，直接拖到iTunes设备列表的iPad图标上即可添加资料。在iPad设备名称下方的资料分类中，选中资料按下Delete键即可将其删除。手动管理的情况下，删除这些资料不会将其从iTunes资料库或电脑中删除。

需要注意的是，这种方式只能手动管理音乐、影片、电视节目和图书，而信息、应用程序和照片仍然需要按照之前的方法进行同步。

由于iPhone版应用程序在iPad上的显示效果并不理想，因此可以手动控制，不要把iPhone版应用程序同步到iPad中。进入应用程序的设置页面，选择"按种类排序"，取消选择"iPhone和iPod touch应用程序"分组中的程序即可。在右侧的iPad桌面上可以直接用鼠标调整图标顺序、建立文件夹或删除应用程序，方法与iPad上的操作一样。另外，如果iPad屏幕数量超过11个，可以在当前页面找到第11屏之后的内容。点击右下角的"应用"按钮开始同步。

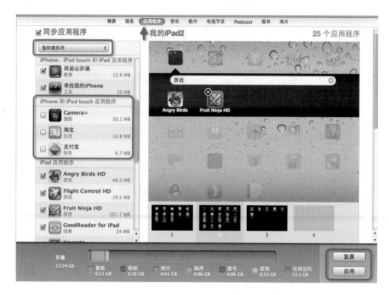

多机同步

iPad与一台电脑同步之后，如果再和其他电脑同步，将有数据丢失的风险。一般情况下，iTunes会先给出警告，如果选择"抹掉并同步"，iPad原有的资料将被删除，并替换成其他电脑iTunes资料库中的内容。

具体将出现以下几种情况。

iPad中的项目	与其他电脑同步之后的情况
信息	原有数据被替换，或与其他电脑的数据合并
应用程序	除非传输购买项目，否则原有资料被替换
音乐、影片、电视节目、图书	除非手动管理，否则原有资料被替换
Podcast、iTunes U、照片	除了用iPad拍摄或存储的照片和视频，原有资料被替换

iPad与其他电脑连接之前，建议先关闭iTunes的自动同步。如果希望保留iPad原有的资料，对于不同的项目，需要进行不同的设置。

信息：取消与其他电脑的信息同步，或使用iCloud同步。

音乐、影片、电视节目、图书：采用手动管理方式，对于多台电脑的数据管理仍然有效。

Podcast、iTunes U、照片：取消与其他电脑的对应项目同步。或对照片使用iCloud同步。

应用程序：取消与其他电脑的应用程序同步，或对其他电脑进行授权并传输购买项目，以便保留iPad中原有的应用程序。

1. iPad与其他电脑连接之后，保险起见，先恢复iPad的警告提示。右键点击iTunes设备列表中iPad的名称，在弹出菜单中选择"重设警告"。

2. 将iPad中的应用程序传输到其他电脑的iTunes资料库。右键点击iTunes设备列表中iPad的名称，选择"传输购买项目"。

3. 如果iTunes提示需要授权，输入Apple ID和密码进行授权。如果iPad中的应用程序是通过多个Apple ID购买的，需要分别进行授权。

这样一来，iPad中的应用程序通过传输购买项目的方式传到了其他电脑的iTunes资料库。因此，与其他电脑同步时，iPad中原有的应用程序就不会被删除。

用户有时会直接通过iPad购买音乐或应用程序，如果电脑的iTunes资料库里原来没有这些资料，同步时iTunes会提示先把iPad中购买的项目传输到iTunes资料库，否则它们将被删除。如果以前选择了"不要再问我"选项，将不会出现警告提示。重设警告的目的是为了恢复警告提示。

iCloud是苹果计划于2011年秋季推出的免费云端同步服务，用来取代之前的MobileMe收费云端同步服务，允许用户将通讯录、日历、邮件、浏览器书签、照片、应用程序数据等资料通过互联网无线同步到苹果的服务器中。

iPad与电脑同步有如此多的限制，是为了保护已购买资料的版权。就好像我们的书包里装的是北京大学图书馆的书，不能把这些书还给清华大学图书馆，是一样的道理。iPad只有本机拍摄或存储的照片和视频可以任意导出，其他如音乐、影片、图书等资料，除非通过第三方软件，否则不能直接传给电脑。使用文件共享方式的资料不受此限制，文件共享请看下一节的介绍。

文件共享

通过iTunes可以把电脑中的文件传输给iPad应用程序，或者将iPad应用程序创建的文件传输到电脑上，此功能称为文件共享。

进入应用程序设置页面，将iTunes右侧的滚动条拉到最下方，页面左侧列出了所有支持文件共享的应用程序。选择应用程序之后，点击右下角的"添加"按钮可向该程序添加电脑中的文件。程序内的文件会出现在页面右侧，选择文件后点击右下角的"存储到"按钮，可将文件保存到电脑中。选中文件后按下Delete键可删除文件。

技巧提示：文件共享支持从文件夹拖曳到iTunes的操作方式。另外，无须同步iPad即可传输文件，但需要将iPad与电脑连接。

iPad备份与恢复

通过iTunes可以轻松地备份iPad中的资料，如果iPad发生故障或者重装系统，可以从备份中恢复原来的设置和资料。默认情况下，iTunes每次执行同步时都会自动备份。iPad中的资料越多，备份的时间就越长。时间紧迫的情况下可以跳过这个环节，选择在空闲的时候再来备份。同步的过程中点击备份进度条右侧的 ⊗ 按钮可以跳过备份。

右键点击iTunes设备列表中iPad的名称，在弹出的菜单中选择"备份"即可开始备份。如果选择"从备份恢复"，将弹出恢复提示窗口。

iTunes中有两种恢复iPad的方法，上面提到的"从备份恢复"是第一种。这种恢复只是从以前的备份中恢复数据和设置，不会删除iPad中的资料，也不会恢复iPad的固件（操作系统），适合于快速恢复。

如果iPad出现故障，用上面的方法也无法修复系统异常，就需要完全恢复到原始的出厂状态。进入摘要页面中点击"恢复"按钮，再选择"恢复"或"恢复并更新"。这种恢复的方法会删除iPad中的所有资料，并重装操作系统，将花费较长的时间。如果iTunes发现有新版本的iPad固件，还会强制进行系统升级。

系统升级与更新

苹果公司每隔一段时间都会推出iTunes软件和iPad固件（即iOS操作系统）的升级，用以修补系统问题和增加新功能。如果在使用iPad的过程中遇到问题，建议可以先将iTunes和iPad升级到最新版本。新版本会修复旧版本中发现的问题，同时系统的稳定性和安全性也会比较好。iTunes软件和iOS操作系统的升级是免费的。

升级iTunes的方法是，使用菜单命令"iTunes>检查更新"（Mac系统）或"帮助>检查更新"（Windows系统）。系统如果发现有新版本可供升级，将提示进行下载和安装。

iPad与电脑连接后，iTunes如果发现有可供iPad升级的新固件，会弹出窗口进行提示。下载和更新固件将花费较长的时间，建议选择"仅下载"，在空闲的时候再进行更新。

在iPad的摘要页面中，点击"更新"按钮也可以检查并更新iPad固件。如果已经下载了新版本的固件，点击"更新"后将直接进行iPad固件的更新。更新不会影响iPad中原有的资料和设置。

第4章 iPad内置应用程序

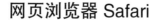

网页浏览器 Safari

Safari是iPad默认的网页浏览器，支持最新的HTML5网页标准，开启网页更加迅速，操作十分简便，无论屏幕横排或竖排都可以舒适地浏览网页。在邮件、地图等其他程序中打开网页链接时，iPad会自动启用Safari浏览器打开网页。有了Safari，我们可以更方便地上网冲浪。

设置Safari

进入iPad的"设置>Safari"，可以对Safari进行基本的设置，以便它能更好地工作。

❶ 默认搜索引擎是Google，还可设置为Yahoo或Bing。

❷ 将用户名、密码等资料自动填入网页，为安全起见建议关闭此选项。

❸ 在地址栏下方显示书签列表。

❹ 遇到欺诈网址弹出警告，为安全起见建议打开此选项。

浏览网页

用iPad浏览网页无论屏幕横排或竖排都能得到恰当的页面安排。

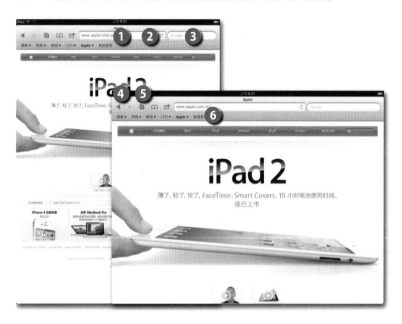

❶ 地址栏，在这里输入网址。

❷ 刷新或者停止载入页面。

❸ 搜索栏，默认搜索引擎是Google。

❹ 前往前一页或后一页。

❺ 分页栏，已打开的页面将以九宫格方式呈现缩略图。

❻ 书签列，可快速展开书签。

❶ 打开分页栏后，轻按⊗关闭页面。

❷ 轻按空白处打开新页面。为了节约内存，Safari最多只能打开9个页面。

书签操作

❶ 轻按➡打开书签菜单。

❷ 将当前网址添加至书签栏。

❸ 将当前网址添加至iPad桌面。

❹ 打开邮件程序将当前网址发送给朋友分享。

❶ 在书签层级轻按"添加至主屏幕"后，可更改书签名称。

❷ 书签将变为一个图标添加至iPad桌面。

书签管理

❶ 轻按🔖打开Safari书签。

❷ 返回上一级目录。

❸ 轻按"编辑"进入书签管理状态。

❹ 新建书签文件夹。

❺ 按住☰拖动可改变书签在书签栏中的顺序。

❻ 轻按左侧➖变为竖向后，按右侧"删除"可删除书签。

图片链接

❶ 按住图片或链接不放，将弹出新的操作选项。

❷ 将图片或链接拷贝至剪贴板，或将图片存储到iPad相册中。

❸ 在当前页面或新页面打开图片或链接。

技巧提示

❶ 在Safari中轻按两下网页，可以将轻按的区域放大，再轻按两下则可缩小至原始尺寸。

❷ 在Safari中轻按iPad顶部的状态栏，能够快速回到网页的顶部。

❸ Safari可以记录之前访问过的网站，只需在地址栏中输入网址的前几个字母，就能显示访问过的网址。

电子邮件 Mail

iPad内置的邮件程序几乎支持所有的E-mail帐户类型，支持以推送的方式获取数据，保证用户能即时收到重要的邮件。它还可以在统一的收件箱中收取多个帐户的邮件，并在不同的邮箱中轻松切换。邮件中如果有网页链接、邮件地址、街道地址、日期或电话号码，iPad都会将它们转换为链接格式，轻按链接即可用相应的程序打开。iPad的电子邮件为我们带来了全新的邮件体验。

设置邮件

在使用iPad邮件程序之前，需要花一点时间进行简单的设置。即便暂时不使用电子邮件，完成邮件的设置对于使用相册、通讯录等程序的分享功能也是非常必要的。

❶ 进入iPad的"设置>邮件、通讯录、日历"对邮件进行设置。

❷ 轻按"添加帐户"进入邮件的帐户设置。iPad预先设定好了几个最常用的邮件服务，只要填写帐户和密码即可使用。另外，所有支持标准的IMAP、POP类型的邮件帐户可以进入"其他"中进行设置。

不同邮件服务的功能差异比较

	Microsoft Exchange	MobileMe	Gmail	IMAP	POP
邮件同步	✓	✓	✓	✓	⊖
邮件推送	✓	✓	⊖	⊖	⊖
通讯录	✓	✓	⊖	⊖	⊖
备忘录	⊖	✓	✓	✓	⊖
日历	✓	✓	✓	⊖	⊖
书签	⊖	✓	⊖	⊖	⊖
查找我的iPad	⊖	✓	⊖	⊖	⊖

Microsoft Exchange是微软公司的邮件服务组件，支持邮件推送。许多企业用它来构建自己的邮件服务，常用的Hotmail邮件可以通过它来进行设置。

MobileMe是苹果公司的收费服务，功能最为全面。苹果推出iOS5和iCloud云端同步服务之后，MobileMe将被iCloud全面取代，并免费提供给iOS用户使用。

Gmail是Google公司提供的免费邮件服务，也是最流行的邮件服务之一。实际上在iPad中可以通过Microsoft Exchange来设置Gmail的邮件帐户，以此来获得推送Gmail邮件和Google的通讯录功能。

IMAP和POP是标准的电子邮件协议，通过IMAP协议收取邮件时，在iPad上对邮件进行删除、转移等所有操作，会同步到邮件服务器。通过POP协议收取邮件时，只能收取，但所有对邮件的操作无法同步到邮件服务器，因此不建议使用。国内常用的网易、新浪、搜狐、QQ等邮箱全部支持IMAP协议。

邮件推送类似于手机短信，有新邮件时，支持推送的邮件服务会把数据直接发送给iPad。不支持推送的邮件服务只能通过手动或定时方式检查新邮件的情况。在iPad的"设置>邮件、通讯录、日历>获取新数据"中可以定义邮件的各种获取方式。

下面通过Hotmail、MobileMe、Gmail和网易163邮箱来演示iPad中的邮件设置，其他邮箱的设置方法与它们大同小异。

Hotmail邮箱设置

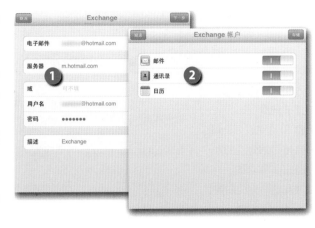

❶ 进入Microsoft Exchange设置之后，在"电子邮件"和"用户名"中填入Hotmail的邮箱地址，输入邮箱密码之后轻按"下一步"。在"服务器"栏中填写m.hotmail.com，然后轻按"下一步"。

❷ 验证完成后，可选择使用邮件、通讯录、日历等功能，轻按"存储"完成设置。如果添加了多个邮箱帐户，系统将提示是否将通讯录等内容进行合并。

MobileMe邮箱设置

使用任何一个Apple ID即可设置MobileMe邮箱，使用苹果免费的"查找我的iPad"功能。如果购买了MobileMe服务，还可以使用苹果提供的邮件、通讯录、备忘录、日历和书签的同步服务。

❶ 进入MobileMe设置之后，在"Apple ID"中填入Apple ID或MobileMe的邮箱地址，输入密码之后轻按"下一步"。

❷ 出现"允许MobileMe使用您的iPad的位置"提示时，选择"好"来开启"查找我的iPad"功能。

❸ 如果使用的是MobileMe邮箱，还可以选择使用邮件、通讯录、日历、书签、备忘录等功能，轻按"存储"完成设置。

Gmail邮箱设置

❶ 进入Gmail设置后，在"名称"和"地址"栏中填写Gmail邮箱地址，输入邮箱密码之后轻按"下一步"。

❷ 验证完成后，可选择使用邮件、日历、备忘录等功能，轻按"存储"完成设置。

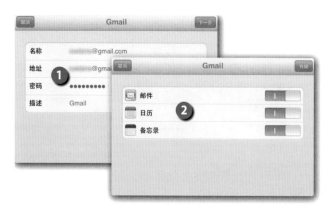

网易163邮箱设置

　　网易、QQ等邮箱使用IMAP协议收取邮件之前，必须先登录邮箱网页确认已在邮箱设置中开启了IMAP和SMTP服务。具体设置方法请参考各个邮箱的帮助信息。

❶ 进入"其他"设置之后，选择"添加邮件帐户"，在"名称"和"地址"栏中填写网易163邮箱的地址。注意，邮箱如果输入正确的密码将无法通过IMAP协议收取邮件，所以请故意输入错误的密码，然后轻按"下一步"。

❷ 验证后，选择IMAP协议，默认是POP协议。

❸ 将收件服务器主机名称改为imap.163.com。

❹ 在收件服务器和发件服务器的密码栏中填入正确的密码，轻按"下一步"进行邮箱验证，轻按"存储"完成设置。

收取邮件

　　iPad的邮件程序可显示含有HTML格式的电子邮件，也可以直接打开邮件中多
种格式的附件。

❶ 在统一的收件箱中方便地查看邮件。

❷ 或者按不同的邮箱帐户收取邮件。

❸ 可以方便地回复或转发邮件，也能存储邮件中的附件。

❹ 可以在邮件程序中打开网页链接、图片、音乐、视频，也可以打开PDF、iWork
和Office文档。支持将PDF文件保存至iBooks书架中。

发送邮件

使用iPad邮件程序，可以随时发送、回复或转发邮件，操作非常方便。

❶ 打开邮件程序，轻按右上角的 ☑ 即可撰写新邮件。

❷ 轻按 ← 可以回复或转发邮件。

❸ 可以直接输入邮箱地址，也可以轻按 ⊕ 从通讯录中添加收件人的邮箱地址。

❹ 默认发件人地址是当前打开的邮箱地址，也可以手动更改发件人地址。

❺ 在系统邮件设置中可自定义邮件签名，默认为"发自我的iPad"。

管理邮件

　　iPad支持邮件的搜索，还可以在不同的邮箱和目录之间移动邮件。将iPad屏幕竖排时，可以全屏查看邮件。

❶ 输入关键字即可在所有的邮箱中搜索邮件。

❷ 轻按"编辑"按钮可批量删除或移动邮件。

❸ 轻按📁，选择屏幕左侧的目录，可将邮件移动到选择的目录中。

❹ 轻按🗑，删除当前正在阅读的邮件。

查找我的iPad

回家后突然发现自己的iPad不见了，一定心急如焚。别担心，只要启用了MobileMe邮件设置中"查找我的iPad"功能，无论iPad是忘在公司的办公桌上，还是藏在家里的沙发垫后面，很快就能发现它的踪影。

❶ 使用网页浏览器，访问www.me.com。
❷ 使用Apple ID登录之后，就能在浏览器中看到iPad在地图上的位置。

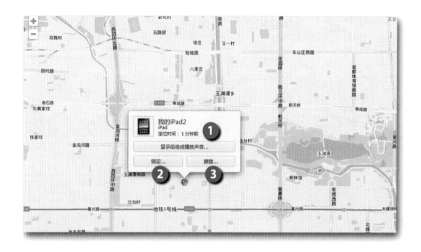

❶ 点击iPad图标上的 ◎ 弹出选项，可以输入信息在iPad上进行显示，并让iPad持续发出声音。如果它藏在家里的某个角落，听见声音就很容易找到。

❷ 可以输入密码远程锁定iPad，防止捡到iPad的人随意使用它。

❸ 如果iPad被偷走实在找不回来，可以选择"擦除"，将iPad中的资料完全清除，以防止隐私的泄露。

技巧提示

❶ 邮件程序中无法直接添加附件，用户可以在相册或iWork等相应程序中发送带附件的邮件。

❷ Gmail支持Microsoft Exchange，可在Microsoft Exchange设置中添加Gmail邮箱。服务器地址是m.google.com。

❸ 使用App Store中名为"查找我的iPhone"的免费应用程序，可以在iPad、iPhone和iPod touch上查找丢失的iPad。

照片 Photos

iPad就像一个大尺寸的电子相册，打开照片程序，随时随地与朋友们分享照片中的乐趣，把每一个难忘的瞬间，以各种炫目的方式呈现出来。iPad可以按照事件、地点为照片分组，如果使用苹果的Mac电脑来同步照片，甚至可以按照面孔来分类。在旅途中，只要接上iPad相机连接套件，就能把相机中的照片轻松地导入iPad，在第一时间大饱眼福。

相簿模式

轻按一个相簿，或者用双指轻按相簿图标并张开，可以打开照片列表。轻按列表中的照片，或者用双指轻按照片并张开，可以将照片放大。用双指在照片上做"捏"的动作可回到照片列表。再用双指在照片列表中做"捏"的动作可回到相簿。

地点模式

　　如果拍摄的照片含有位置信息，用地点模式查看时，会以大头针显示照片拍摄地点在地图中的位置。轻按大头针可显示该地点拍摄的照片缩略图。双指按住屏幕并张开可以放大地图，更清晰地查看拍摄地点，轻按缩略图即可查看照片。

查看照片

　　打开照片后，左右滑动屏幕可以查看照片。无论屏幕横排或者竖排，iPad都会调整照片到合适的尺寸填满屏幕。

❶ 轻按目录名称回到相簿层级。

❷ 轻按屏幕可隐藏控制栏，再次轻按屏幕中央即可显示控制栏。

❸ 轻按缩略图可快速浏览照片，点击缩略图可打开照片。

管理照片

　　打开"相机胶卷"相簿中的照片，屏幕的右上角会显示垃圾桶图标🗑，轻按🗑删除当前照片。

　　在照片缩略图状态下轻按屏幕右上角🔗，可对照片进行批处理。轻按照片进行选择，再次轻按照片是取消选择。可以选择多张照片，将选中的照片作为电子邮件的附件发送，也可以批量打印或者删除照片。需要注意的是，只有"相机胶卷"中的照片才能被删除，从电脑同步到iPad中的照片无法被删除。

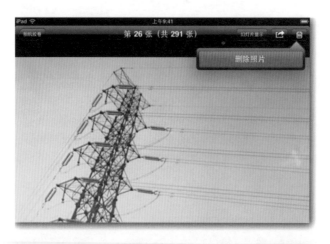

分享照片

除了浏览照片，还可以将照片进行分享。打开一张照片轻按屏幕右上角的 ，
出现操作选项。

❶ 打开邮件程序，将当前照片作为附件发送邮件。
❷ 将当前照片作为通讯录中联系人的照片。
❸ 设定当前照片为iPad主屏幕桌面或锁定屏幕画面。

轻按"幻灯片显示"出现幻灯片显示选项，可以将照片以幻灯片的形式进行
播放。

❶ 幻灯片过渡效果有渐隐、立体翻转等形式。
❷ 从音乐资料库中选择一首歌曲作为幻灯片播放时的背景音乐。

电子相框

iPad屏幕锁定时，轻按解锁滑块右侧的⊡打开电子相框，以幻灯片的形式显示iPad中的照片。

通过调整iPad的设置，可以更好地控制电子相框。

❶ 进入iPad的"设置>电子相框"，可以设定更多的选项。

❷ 选择"渐隐"或"折纸效果"的照片过渡效果。

❸ 设定每张照片播放的时间以及是否随机播放。最神奇的是iPad能自动识别面孔并在面孔上放大，这样相框中人物会显得格外亲切。

❹ 电子相框可以显示所有的照片，或者显示某张指定相簿中的照片。

音乐 iPod

打开iPod程序，用超大的屏幕浏览音乐，立刻把iPad变成一个特大号的音乐播放器。iPod程序支持MP3、AAC、WAV等多种格式的音乐，还可以用来欣赏音频播客。iPod支持创建和管理播放列表，也可用Genius自动创建音乐列表。iPod的后台播放功能可以让用户在接收邮件、浏览照片或上网的时候继续欣赏音乐。

界面介绍

iPad中的iPod程序界面继承了iPod和iPhone的风格，采用了与电脑上iTunes类似的界面，更加适合大屏幕的操作。

❶ 音量控制区。

❷ 播放控制区。

❸ 输入歌曲关键字，iPad将从资料库中搜索相应歌曲。

❹ 资料库和播放列表安排在屏幕左侧的区域。

❺ 轻按左下角的唱片封面进入全屏播放状态。

❻ 轻按✚创建歌曲列表；轻按✿创建Genius列表。

❼ 歌曲有5种不同的排序方式，只有专辑方式会显示唱片封面。

❽ 选中唱片封面将打开歌曲列表，轻按歌曲名即可开始播放。

全屏播放

在主界面中轻按左下方的唱片封面即可进入全屏播放模式，再次轻按屏幕可显示或隐藏播放控制按钮。

❶ 循环播放按钮，可设定单曲循环或整张专辑循环。

❷ 随机播放按钮，可设定随机播放歌曲或顺序播放歌曲。

❸ 返回按钮，轻按回到iPod程序主界面。

❹ 列表按钮，轻按可切换到歌曲列表。

音频播客

轻按iPod资料库的Podcast打开播客列表，可以播放从iTunes中下载的音频播客。对于iPod资料库中的视频播客和视频文件，iPad会自动使用视频程序来打开它们。

❶ 用电子邮件发送当前播客的链接。

❷ 控制播放速度，轻按可选择以正常速度、两倍速度或一半速度播放。

❸ 如果播客中有文字信息将会显示，滑动屏幕可阅读全部内容。

❹ 轻按可后退30秒。

播放列表

用户可以根据自己的喜好创建播放列表，将歌曲按照自定义的顺序进行播放。

❶ 在屏幕的左下方，轻按➕新建一个播放列表，在弹出的对话框中输入列表名称。

❷ 轻按"来源"按钮从资料库中选取音乐。

❸ 轻按⊕将歌曲加入播放列表。

❹ 轻按"完成"按钮结束添加曲目，再次轻按"完成"按钮结束对播放列表的编辑。

选中资料库中的播放列表，轻按屏幕右上角的"编辑"按钮可以编辑播放列表。

❶ 必须以"歌曲"的方式进行浏览才能够编辑播放列表。

❷ 按住☰进行拖拽，可改变歌曲在列表中的顺序。

❸ 轻按⊖后再轻按"删除"按钮将歌曲从列表中删除。

❹ 还可以继续添加歌曲或者轻按"完成"按钮保存列表。

Genius列表

播放歌曲时轻按✳，Genius会根据歌曲的类型生成一个令人意想不到的播放列表。最神奇的是，谁也不知道列表中的下一首歌曲是什么，但这首歌曲恰恰就是你最想听到的。需要注意的是，在电脑的iTunes中开启了Genius之后，才能在iPad上使用该功能。

日历 Calendar

使用iPad的日历程序，可以记录并提醒工作安排、会议日程、朋友约会和重要的比赛，把繁忙的工作和生活打理得井井有条。iPad还可以通过iTunes或者预先设置好的邮件帐户同步日历。这样一来，无论走到哪里，iPad、iPhone和电脑里的日程安排都能够保持一致。

创建日历

通过电脑的iTunes程序，可以将Mac系统的iCal日历或Windows系统的Outlook日历与iPad同步，也可以通过iPad的"邮件、通讯录、日历"设置，将Microsoft Exchange、MobileMe或Gmail帐户中的日历与iPad同步。

❶ 轻按屏幕右下角的■可以添加新的事件。

❷ 设定事件名称和地点。

❸ 设定事件的时间以及是否需要提醒。

❹ 可以邀请联系人参与事件，他们将收到邀请邮件。

❺ 可以将事件保存到不同帐户的日历中。

❻ 可以对事件添加详细的描述。

查看日历

　　iPad日历在横排或竖排模式下均可方便地查看，并提供了4种不同的查看方式。

❶ 可以选择显示全部或指定帐户的日历。

❷ 显示别人发来的事件邀请。

❸ iPad提供了日、周、月和事件列表4种不同的日程查看方式。

❹ 输入关键字即可搜索事件。

❺ 屏幕左侧显示的是时间或时间列表，右侧显示事件详情。轻按事件色块查看事件详情或进行编辑。

❻ 轻按屏幕左下角的"今天"可以返回到今天的日历。

通讯录 Contacts

iPad的通讯录提供了灵活而方便的方法来存储联系人的信息。通讯录与邮件、FaceTime及其他应用程序进行了集成，因此只需输入一次联系人信息，即可从多个应用程序中即时访问这些信息。通过设置邮件帐户，iPad可以直接使用Hotmail和Gmail（Google）的通讯录。通过iTunes或iCloud，还可以将iPad、iPhone和电脑的通讯录进行同步，让联系人的信息保持一致。

❶ 如果在邮件帐户的设置中启用了Hotmail或Gmail的通讯录，通讯录的左上角将出现"群组"标签。轻按"群组"可访问不同帐户的通讯录。

❷ 输入关键字，搜索符合条件的联系人。

❸ 轻按+添加新的联系人。

❹ 轻按"编辑"可修改联系人信息或删除联系人。

❺ 如果激活了iPad的FaceTime，轻按"FaceTime"可与好友进行视频通话。

❻ 轻按"共享联系人"可以将当前的联系人信息以电子邮件的方式发送给别人。

❼ 轻按"添加到个人收藏"将当前联系人加入FaceTime的个人收藏，以便快速访问。

技巧提示：如果不同帐户的通讯录中有相同的联系人，这位联系人的名字会重复显示。轻按"编辑"后通讯录的右下角会出现 ⊾+，轻按它可将重复的联系人统一成一个。

备忘录 Notes

俗话说：好记性不如烂笔头。备忘录程序可以把iPad变成一个随身携带的巨型便签，用它随时记录各种想法和主意。无论是待办事项、写作灵感还是购物清单，统统用备忘录记下来吧。iPad的大屏幕让输入变得更方便，最后还可以通过邮件将备忘录发送出去。

横排模式

iPad屏幕横排模式时，左侧是备忘录列表，右侧是备忘录内容。

❶ 当前的备忘录将以红圈标注。

❷ 输入关键字搜索备忘录。

❸ 轻按屏幕右上角的 ➕ 添加新的备忘录。

竖排模式

iPad屏幕竖排模式时，可以全屏查看备忘录。

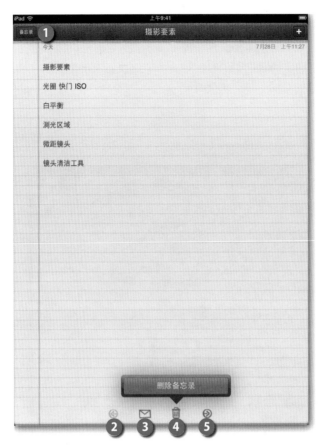

❶ 轻按"备忘录"打开备忘录列表。

❷ 前一个备忘录。

❸ 将备忘录用邮件发送。

❹ 将备忘录删除。

❺ 后一个备忘录。

技巧提示：轻按屏幕可以对备忘录进行修改。备忘录按照创建的时间排序，一经修改就会重新回到备忘录列表的最上方。

地图 Maps

打开iPad地图，世界就在眼前，轻轻一按屏幕，再也不会迷路。
iPad地图程序不仅有经典的道路模式，还可以在卫星地图和地形图之间切换。地图能够自动定位当前的位置，搜索目的地并提供最佳的行进路线。借助iPad地图可以找到沿途的餐厅、加油站，甚至还能查看路况，以便避开拥堵的路段。

地图搜索

iPad就是一本世界地图，搜索一下就可以"环游世界"了。

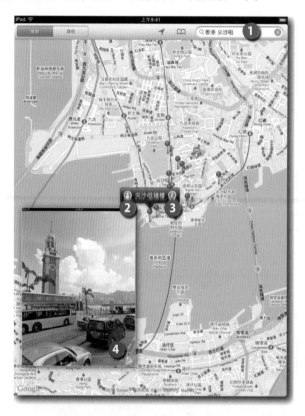

❶ 输入地名关键字，查找想要前往的地址。地址搜索支持多种语言。

❷ 选中大头针，轻按ⓘ可切换到街景模式，以360°的方式查看该位置的全景视图。

❸ 轻按ⓘ获得该位置详细信息。

❹ 街景模式下，轻按右下角地图图标切换到地图模式。

地图具有智能搜索功能，只要输入感兴趣的内容，就能找到相应的结果。

❶ 输入信息关键字，在地图上查找相关内容。比如在搜索栏中输入"电影院"，即可查找到视图范围内的电影院。

❷ 轻按大头针再轻按ⓘ后可以规划前往该位置的路线。

❸ 显示该位置的具体地址、网址、电话等详细信息。

❹ 将该位置的信息添加到通讯录或地图书签，以便下次快速查找。轻按"共享位置"还能发送邮件将地址分享给朋友。

查看方式

轻按地图右下角的"翻页"可以切换不同的查看方式，地图提供经典、卫星、混合、地形等查看方式。打开"交通状况"查看是否堵车，以便提前安排出行计划。道路上的绿色、黄色、红色分别代表道路状况畅通、缓行和拥堵。

定位功能

❶ 轻按➤指南针图标即
可显示iPad当前所在的
位置。

❷ 圆圈的大小取决于
定位的准确度：圆圈越
小，准确度越高。

路线查询

　地图的路线查询功
能可提供多种出行建
议，甚至可以列出每一
步该怎么走。

❶ 轻按屏幕左上角"路
线"按钮进入路线查询
模式。

❷ 在搜索栏中输入起始
点和目的地，轻按 ⊃ 查
询返程路线。开启定位
后，按住屏幕不放直到
出现大头针，iPad会自

动设定从当前位置到大头针所在位置的路线。

❸ 提供自驾车、乘坐公共交通和步行3种路线参考。

❹ 选择乘坐公共交通时会提供多种换乘参考，默认为时间最快、换乘最少的方式。

❺ 轻按"出发"，iPad将详细地提供每一步换乘的具体路线。

技巧提示

❶ 双指按住屏幕张开、合拢可放大或缩小地图。

❷ iPad地图由Google提供，街景和路况功能在某些地区可能无法使用。

❸ Wi-Fi+3G版的iPad通过内置的GPS辅助定位。Wi-Fi版的iPad通过Wi-Fi基站所在的位置辅助定
位，定位会略有偏差。

视频 Videos

iPad内置的视频程序，可以播放MOV、MP4、M4V等格式的高清视频。另外，Podcast和iTunes U中的视频节目也要通过视频程序来观看。借助Apple Digital AV转接器或Apple TV，还可以将iPad播放的视频输出给高清电视或投影仪，从而在更大的屏幕上进行欣赏。

视频列表

打开视频程序，所有的视频以缩略图方式呈现。

❶ 视频类型栏，将视频以不同的类型归类。

❷ 按住视频缩略图不放，将出现⊗图标，轻按它可将视频从列表中删除。

播放操作

在视频列表中轻按视频缩略图，将出现视频的预览画面和详细信息，轻按屏幕右上角的  即可开始播放。在视频播放状态下轻按屏幕可以显示或隐藏播放控制按钮。

❶ 轻按"完成"按钮结束视频播放，再次播放时会从上次中断的位置继续播放。

❷ 时间控制栏，按住并拖曳它可以快速浏览视频。

❸ 在iPad屏幕横排的情况下，能够以充满屏幕或适合屏幕大小的方式观看视频。

❹ 播放控制栏，控制视频的播放、倒回、快进以及音量。

技巧提示

❶ 3秒不触碰屏幕，播放控制按钮会自动隐藏。

❷ 在iPad屏幕横排的情况下，连续轻按两次屏幕，可对视频进行缩放。

影音商店 iTunes

iPad的iTunes程序，功能相当于电脑中的iTunes Store，只是将 App Store软件商店和Books图书这两个栏目分离了出去。分离的 部分演变为两个单独的应用程序App Store和iBooks。与电脑中的iTunes Store一样，使用不同国家的Apple ID登录，访问到的内容各不相同。

界面介绍

❶ 向上滑动屏幕，在界面的 左下角轻按"登录"，使用 Apple ID进行登录。

❷ 使用中国区的Apple ID登 录，只能访问Podcast播客和 iTunes U教育专栏。

❸ 轻按左上角的"类别"按 钮，可以查看当前栏目的详细 分类。

节目下载

轻按一个节目的图标打开它的详细介绍，包括内容说明、节目列表、用户评价 等内容。

❶ 轻按节目列表的名称，可打 开内容预览。

❷ 轻按"免费"按钮后再轻按 "获取单集"下载节目。已下 载的节目会出现在iPod应用程 序的相应列表中。视频节目还 会同时出现在"视频"应用程 序中。

软件商店 App Store

App Store是目前世界上最大的在线软件商店，已经有超过40万个
应用程序可供下载，其中有10万个应用程序是专为iPad开发的。开
启Genius，系统还会根据以往的购买记录为用户推荐其他的应用程序。这里有最热
门的应用，最火爆的游戏，赶快进入App Store这个"军火库"吧，为iPad添加"弹
药"，让它发挥更大的威力。

界面介绍

❶ App Store提供"精品聚焦"、"畅销榜首"等栏目，方便查看最热门的应用
程序。

❷ "Genius"栏目可以提供应用程序推荐。

❸ "已购买"栏目显示当前Apple ID购买过的所有应用程序。

❹ "更新"栏目中的数字，表示可供升级的应用程序数量。

❺ 有➕标志的程序表示它是通用程序，同时适用于iPad和iPhone。

购买程序

通过App Store程序，可以直接在iPad上购买并安装应用程序，省去了使用电脑下载和同步应用程序的过程。

❶ 对于免费程序，先轻按"免费"，再按"安装应用软件"；对于收费程序，先轻按程序的价格按钮，再轻按"购买应用软件"。按下"购买应用软件"之前，轻按屏幕的其他位置可取消购买。

❷ 输入Apple ID的密码之后，iPad会立刻下载并安装该程序。注意，5分钟之内再次购买程序时iPad不会提示输入密码，而是直接进行购买。

购买记录

当前Apple ID购买过的所有应用程序，显示在"已购买"栏目中。用户可以再次免费下载它们。

❶ 显示购买过但没有安装在此iPad上的应用程序。

❷ 分类显示iPad和iPhone的应用程序。

❸ 将程序按名称或时间方式排序。

❹ 轻按 🔽 下载应用程序。

自动下载

　　在iPad设置的"Store"中，显示当前登录的Apple ID，可以开启或关闭它的自动下载。打开自动下载之后，如果用户在其他设备（包括电脑）上新购买了一个应用程序，iPad就会自动下载该应用程序。自动下载省去了通过电脑同步的繁琐过程，不过在网络环境不好的时候，自动下载会很慢，而且会因为下载了太多的项目，导致iPad出现容量不够的情况。

更新程序

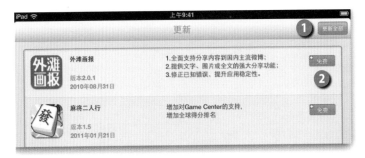

❶ App Store中的应用程序会经常升级，但用户不必随时更新。空闲的时候按下"更新全部"，可以将所有能够升级的应用程序进行更新。

❷ 必要时也可以选择单个程序进行更新。

开启Genius功能之后，系统会根据用户已经购买的程序，推荐其他应用程序。

❶ 除了推荐iPad程序，系统还会根据购买过的iPhone程序，推荐其相应的iPad版本。

❷ 轻按"不感兴趣"，Genius将记住用户的选择，今后不再推荐此类程序。

❸ 查看更多的推荐。

技巧提示：如果在iPad设置的"访问限制"中关闭了"安装应用程序"，App Store程序将被隐藏而且无法打开。

游戏中心 Game Center

Game Center游戏中心是苹果iOS平台的社交游戏网络，iPad、iPhone和iPod touch的玩家可以在这里邀请朋友同玩同乐，可以与朋友比较得分和战绩，也可以多人玩游戏，甚至和不相识的对手拼杀。独乐乐，众乐乐，孰乐？不想独自战斗，那就赶快加入Game Center一展身手吧。

注册登录

使用Apple ID可以直接登录Game Center，如果没有Apple ID也可以在这里直接创建一个新的帐户。进入Game Center之后，玩家还可以为自己起一个喜爱的名字作为游戏中的昵称。

游戏邀请

❶ 轻按"游戏"，可查看iPad中已安装的支持Game Center的游戏。点击游戏图标可查看游戏成绩和Game Center排行榜，轻按屏幕右上角的"玩游戏"直接开始游戏。

❷ 轻按"邀请"，再轻按屏幕右上角的 ＋，可以通过电子邮件在Game Center中添加好友。

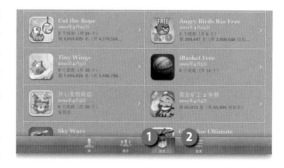

技巧提示

❶ 可以在App Store的Game Center专栏中找到所有支持Game Center的游戏。

❷ 在iPad设置的"访问限制"中，可以关闭Game Center的"多人游戏"和"添加朋友"。

视频通话 FaceTime

几十年来，人们一直梦想能够使用可视电话。现在，FaceTime令你梦想成真。无论身在何方，只要轻点一下iPad 2的FaceTime，即可与另一部iPad 2、iPhone 4、iPod touch 4或Mac电脑通过Wi-Fi网络进行视频通话。虽然我们远在天涯，感觉却像近在咫尺，而且这都是免费的。

激活FaceTime

启动FaceTime，使用Apple ID登录即可激活FaceTime。如果是首次将此Apple ID的邮件地址用于FaceTime，还需要检查此帐户的邮箱，确认苹果发送的验证邮件。今后这个Apple ID的电子邮件地址将作为FaceTime的被呼叫地址。

发起呼叫

从通讯录、最近通话或个人收藏列表中选取某个联系人。轻按他配合FaceTime使用的电子邮件地址或电话号码即可开始呼叫。目前，iPhone 4用户的FaceTime地址就是他的手机号码，iPad 2、iPod touch 4、Mac电脑用户的FaceTime地址是电子邮件。在"个人收藏"栏目中，轻按屏幕右上角的➕，可以把常用的联系人收藏起来以便快速访问。

视频通话

❶ 视频通话时，主画面显示对方的图像，画中画的小窗口显示自己的图像。按住小窗口并拖动可调整它在屏幕中的位置。

❷ 通话静音按钮。

❸ 结束视频通话。

❹ 切换前后相机。

技巧提示：FaceTime激活之后，可以在通讯录程序中快速启动FaceTime与联系人进行视频通话。

相机 Camera

利用iPad 2正面的相机，可以给自己拍照和录像，背面的相机除了拍照，还支持拍摄高清视频。如果开启了互联网连接和定位服务，iPad 2拍摄的照片和视频将被标记位置数据，配合某些应用程序，就可以在地图上查看拍摄的位置了。

拍摄方法

❶ 在正面相机和背面相机之间切换。

❷ 在拍照和摄像之间切换。

❸ 轻按开始拍摄。

❹ 查看iPad拍摄的照片和视频。

修剪视频

　　查看拍摄的视频时，可以调整视频的开始和结束时间，对视频进行简单的
修剪。

❶ 在视频画面中轻按屏幕，可以显示或隐藏修剪控制器。
❷ 按住并拖动视频修剪控制器的两端，可以调整视频开头或结尾的时间点。
❸ 轻按"修剪"按钮，在弹出的菜单中若选择"修剪原始项"，修剪后的视频将替
换原始视频；若选择"存储为新剪辑"，修剪后的视频将存储为新的视频剪辑。

导出文件

❶ Mac系统：将iPad连接到电脑，打开iPhoto程序，待iPad出现在iPhoto左侧的设
备列表之后，选择iPad中的照片和视频，将它们导入iPhoto的图库。
❷ Windows系统：将iPad连接到电脑，打开"我的电脑"，iPad拍摄的照片和视
频，会出现在数字相机的文件夹中，直接将它们拖曳到电脑的文件夹中即可。

技巧提示：在iPad设置的"定位服务"中，可以开启或关闭标记相机拍摄位置的功能。

照相亭 Photo Booth

照相亭Photo Booth就像一面哈哈镜，可以实时地为照片添加古灵精怪、生动诙谐的效果。举起iPad来张自拍，原来的形象立刻被彻底颠覆，再把照片E-mail给好友，保证他们捧腹大笑，乐个不停。

照片特效

打开Photo Booth程序，屏幕呈现九宫格状态，中间的画面是正常效果，其余的效果分别是热感应相机、镜像、X射线、万花筒、光隧道、挤压、旋转和伸缩。

在屏幕上轻按一个照片特效，即可进入拍照模式。

❶ 返回九宫格显示。

❷ 轻按进行拍照。

❸ 切换前后相机。

❹ 轻按拍摄好的照片缩略图，可以观看、拷贝、删除或通过电子邮件发送它们。

技巧提示：如果选择了失真类型的效果，在屏幕上拖移手指、缩放或旋转图像可以改变失真。

电子书 iBooks

iBooks是苹果出品的电子书阅读工具，支持最流行的ePub和PDF格式的电子书。从App Store中免费下载iBooks应用程序，然后从内建的在线书店中下载各类书籍，或者通过iTunes将电脑里的电子书同步到iBooks进行阅读。用iPad阅读电子书和平常阅读纸质书的体验全无两样，持握iPad的姿势如同捧书，翻页的动作也像翻书。iBooks赋予了iPad绝妙的阅读体验。

查看书架

所有的书籍在iBooks中会被分类放在书架上，一目了然，轻按图书封面即可开始阅读。

❶ 轻按"书店"进入苹果的在线书店。

❷ 轻按"精选"显示图书分组，默认有图书和PDF两个分组，也可以添加新的分组。

❸ 可以按图书封面或列表的方式查看书架。

❹ 轻按"编辑"之后选中图书，可以将它删除或移动至其他的图书分组。在列表方式下编辑图书，还可以调整它在书架中的顺序。

阅读图书

iPad屏幕横排模式下，图书以双页方式显示，竖排模式下以单页方式显示。如果躺在沙发上看书，可以锁定iPad的屏幕旋转，防止屏幕自动旋转影响阅读。轻按屏幕的中间，可以显示或隐藏与阅读相关的功能按钮。

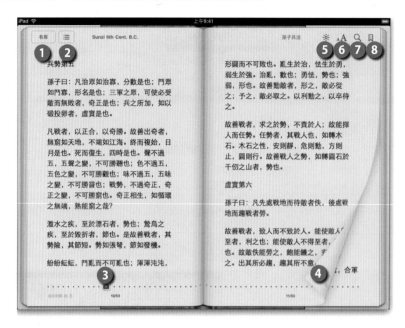

❶ 停止阅读，返回书架。

❷ 停止阅读，前往目录和书签栏。

❸ 页面导航显示当前页码的位置，按住并拖动它，可以快速前往想要阅读的页码。

❹ 在页面的右或左页边空白附近轻按，或者快速向左或向右滑动手指，即可进行翻页。

❺ 调整屏幕的亮度。

❻ 调整字号大小、字体和图书的背景色。背景色有白色和棕褐色可供选择。

❼ 输入关键字，在全书中进行搜索。

❽ 为当前页添加书签，方便今后阅读。

文字操作

读到了重要的内容，按住文字不动将出现文字选择框，拖动蓝色光标即可调整文字的选取范围。

❶ 将选中的文字拷贝至剪贴板。

❷ 查看字典中对文字的解释，目前只支持英文字典。

❸ 以高亮的颜色标记选中的文字，类似于记号笔的效果，并有多种颜色可供选择。

❹ 对文字添加备注。

❺ 在全书中搜索选中的文字，还可以在Google或Wikipedia（维基百科）中搜索更多内容。

目录书签

❶ 回到正在阅读的页面。

❷ 查看图书的目录，轻按目录中的页码可以快速前往该页。

❸ 查看所有的书签、高亮标记或备注。

❹ 进入标记过书签的页面。

❺ 轻按可打开备注。

❻ 进入有高亮标记的页面。

❼ 通过电子邮件发送或打印备注。

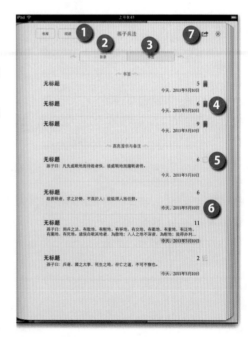

在书架中轻按屏幕左上角的"书库"按钮，整个书架会翻转180°进入苹果的在线书店，书架翻转的动画效果好像正在开启藏宝的密室大门。与iTunes和App Store应用程序一样，在这里使用不同国家的Apple ID登录，访问到的内容各不相同。中国区的在线书店，除了部分中文的古籍经典，大部分都是英文书籍。目前这些书籍全部可以免费下载。轻按屏幕左上角的"书库"，返回iBooks书架。

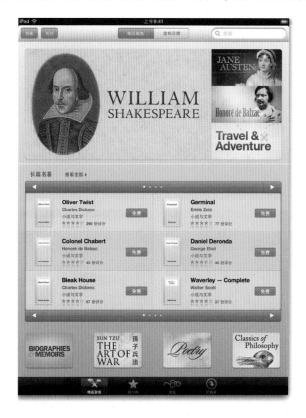

苹果在线书店中的图书全部都是ePub格式，用户也可以将自己的文档转成ePub格式，通过iBooks进行阅读。ePub格式电子书的制作方法，请看本书配套光盘中的视频教程。

技巧提示

❶ 在书架上向左或向右滑动手指，可以快速访问不同的图书分组。

❷ 在封面模式下，按住图书不放然后拖动，可以调整它在书架中的位置。

❸ PDF格式的图书在iBooks中不支持翻页动画，也不支持搜索和备注等与文字相关的操作。

第5章 iPad应用程序精选

App Store中的应用程序数量已经突破了40万，其中有超过10万个应用程序是专为iPad设计开发的。这些程序涵盖了图书、商业、教育、娱乐、财务、游戏、健康、生活、医疗、音乐、导航、新闻、摄影、效率、参考、社交、体育、旅行、工具、天气等各个领域。正是这些优秀的应用程序，奠定了iPad位居平板电脑市场第一的基础。

从10万个iPad程序中找到自己需要的应用程序，如同大海捞针一般。本章精心挑选了160余个iPad应用程序推荐给各位读者。它们都是在App Store中广受好评，具有代表性的优秀作品，能够让玩家手中的iPad发挥出更大的威力。

需要说明的是，虽然iPad兼容iPhone的应用程序，但是由于两者的屏幕尺寸不同，iPhone程序在iPad上运行时，显示效果不如专门为iPad而开发的程序效果好。

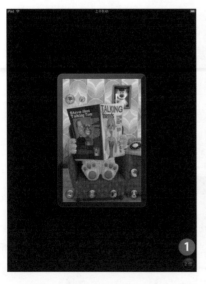 

❶ iPhone程序在iPad上将以较小的尺寸显示，轻按右下角的"2倍"按钮，程序画面被放大，以2倍的效果显示。

❷ iPhone程序以2倍形式运行时，画面质量会下降，出现锯齿。轻按右下角的"1倍"按钮，程序画面将恢复原始的尺寸。

读者在App Store中购买和下载程序时，应注意区分程序的类别。本章介绍的应用程序，全部是"iPad应用程序"或"iPhone和iPad通用程序"。

iPad应用程序： 在系统要求中显示"与iPad兼容"。这类程序不能在iPhone上运行。

iPhone应用程序： 在系统要求中显示"与iPhone、iPod touch、iPad兼容"。这类程序可以在iPad上运行，不过只有在iPhone和iPod touch上，才能显示最佳的画面效果。

iPhone和iPad通用程序： 在程序图标的下方显示"➕此应用软件对iPhone和iPad都适用"。这类程序实际上有两套不同的界面，会根据屏幕的大小自动进行调整，在iPad、iPhone和iPod touch上都有最佳的显示效果。

另外，在App Store中iPad应用程序显示"iPad屏幕快照"，iPhone应用程序显示"iPhone屏幕快照"，iPhone和iPad通用程序则显示两组不同的屏幕快照和 iPhone iPad 图标。

电子书籍

Good Reader

语言：英文

参考价格：$4.99

Good Reader是一款优秀的电子阅读工具，它能够打开TXT、PDF、DOC、XLS、PPT等格式的文件，并可以在文档上进行涂鸦标记，也能打开JPG、GIF、TIF、MP3、MP4等图像和影音文件。Good Reader阅读PDF文件时支持"封面+双页"的排列方式，尤其适合于观看PDF格式的杂志。

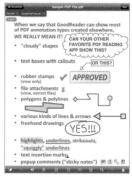
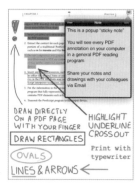

iBunkoHD

语言：中文、英文、日文

参考价格：$6.99

iBunkoHD是一款堪比iBooks的电子书阅读工具，支持PDF、JPG、TXT文件，阅读TXT文件时可以自定义文本的字体。独有的竖排和右翻页功能，可谓阅读中文古籍的绝配之作。iBunkoHD还支持以ZIP压缩包封装的JPG漫画，阅读PDF文件时支持翻页效果。

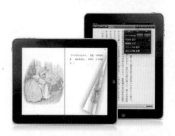

CloudReaders

语言：日文、英文

参考价格：**免费**　　　　　➕iPhone和iPad通用

　　CloudReaders是一款免费的电子书阅读工具，在iPad和iPhone上都能使用。支持PDF、CBR、CBZ格式的电子书。CBR和CBZ文件其实就是更改了后缀名的RAR和ZIP压缩包，网络上的漫画通常使用这种格式存储。CloudReaders支持从左至右方向阅读，还能预读取后3页的文件，翻页时没有顿挫感，是漫画爱好者必备的阅读工具。

Stanza 书万卷

语言：中文、英文

参考价格：**免费**　　　　　➕iPhone和iPad通用

　　Stanza是App Store中最受欢迎的免费阅读工具之一。它具有直观、易用的阅读界面，可以从电脑上导入ePub、PDF、CBR、CBZ、DjVu等格式的电子书进行阅读。除此之外，它还拥有一个内容丰富的在线书库，用户可从中浏览和获取超过10万本免费的经典书籍，其中包括大量的中文图书。

新闻阅读

新浪新闻 HD

语言：中文

参考价格：免费

　　新浪新闻HD第一时间提供新浪网高品质的全球资讯，设置有新闻、财经、体育、科技、娱乐、军事、女性等频道，包括大量精彩的高清图片和视频内容，可根据用户需求定制实时滚动新闻，并将图片保存至iPad相册中，还可以把新闻消息分享到新浪微博。

网易阅读

语言：中文

参考价格：免费

　　网易阅读是一款为用户个性化浏览互联网资讯而设计的应用程序。网易推出的这款阅读程序包括了130个网易订阅源，1000个精致推荐。用户只需动动手指，天下资讯就在指尖流动。高清大图、漂亮动画，让人爱不释手。该程序支持离线阅读，提供预下载功能，支持微博和豆瓣网分享。

第一财经周刊

语言：中文

参考价格：免费｜程序内购买

    这是目前国内最受欢迎、发行量最大的商业新闻杂志《第一财经周刊》的iPad版应用程序。它根据iPad屏幕多点触控的特点重新设计了版面，有更多精美的图片和幻灯片演示，阅读体验一流。另外增加了纸质杂志中没有的新内容和纸媒无法提供的视频内容。订阅全年杂志约每期人民币2元，用户需在应用程序内购买。

南周阅读器iPad版

语言：中文

参考价格：免费

    这款阅读程序集合了南方报系下的《南方周末》、《南方人物周刊》、《名牌》的文章精粹以及infzm.com网站消息，提供独到、及时、热门的原创资讯，传递时政、经济、文化等方面有价值的报道，结合网络特点实时更新热点新闻并提供新闻视频，另外还支持文章的离线阅读。

FT中文网

语言：中文

参考价格：**免费**

　　作为英国《金融时报》iPad应用程序的中文版，它集合了《金融时报》原创的新闻、评论和分析，打开程序即可下载《金融时报》中文网当天出版的全部内容，便于离线阅读。用户还可观看《金融时报》配有中文字幕的原版英文视频和高端访谈节目，并能学习FT商学院的财经和管理知识。另外，在文章内双指"捏"屏幕，即可关闭文章回到首页。

《华尔街日报》中文版

语言：中文

参考价格：**免费**

　　这是《华尔街日报》中文网站专门针对iPad设计的应用程序，为读者提供最新的资讯内容和便捷的阅读体验。它设置有十大热门文章、中国、国际、经济、金融、专栏观点、风尚、图片、中国实时报、香港等多个频道，支持离线阅读，可以收藏文章并分享到新浪微博和搜狐微博。

腾讯爱看

语言：中文

参考价格：**免费**

　　腾讯爱看提供了一种全新的查看社交网络中好友动态的方法，杂志形式的排版使浏览更加轻松，内容可按分类进行阅读，也可以阅读单个媒体。同时，在腾讯爱看里可以看到最新、最热门、最受欢迎的报纸和杂志的内容，可以绑定腾讯微博和Google Reader，并将其内容融合到爱看精华中。

ZAKER

语言：中文、英文

参考价格：**免费**

　　ZAKER，中文名"扎客"。它可按照用户的设置，将微博、博客、报刊杂志、网络新闻、RSS、团购等内容完全聚合于一身，是一本用户自定义的电子杂志。它具有交互的阅读体验和华丽的界面，即便放大数倍后文字显示依然清晰。绑定微博帐户后，可以将ZAKER上的内容通过微博分享，还可以利用iPad 2的相机拍照，分享阅读时的心情。

Reeder for iPad

语言：英文

参考价格：$4.99

这是一款非常强大的RSS阅读器，可在线获取任何网站的RSS源，支持与Google Reader同步，支持离线浏览。Reeder具有清爽的阅读界面，能够自动将RSS源的图标添加至列表中，使阅读RSS源就像看杂志一样，可选择阅读文件夹和Feed阅读，是目前最受欢迎的Google Reader阅读工具之一。

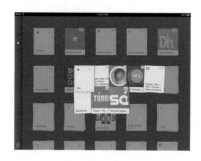

MobileRSS HD

语言：中文、英文

参考价格：$4.99 | 免费

这是一款出色的Google Reader工具，能同步Google Reader上的全部信息，界面支持中文和英文，支持搜索和离线查看，支持全屏阅读和通过邮件等方式分享信息，还能自动屏蔽广告。界面简单，操作流畅，有多种条目显示方式，在RSS列表中可以显示订阅的缩略图。免费版本图标为绿色，有广告，没有搜索功能。

Instapaper

语言：英文

参考价格：$4.99　　　　　⊞iPhone和iPad通用

Instapaper是一款著名的网页离线阅读工具，能够保存未阅读的网页，供离线浏览，有字典和分享功能。Instapaper保存网页时，会去掉广告，只保存网页文章的原始内容。存储后的页面将以干净、整洁的版式风格重新显示，带来体贴舒适的阅读体验。使用Instapaper会感觉到"阅读从未如此整洁"。

Read It Later Pro

语言：英文

参考价格：$2.99 | 免费　　　　⊞iPhone和iPad通用

在网络上看到好的文章来不及阅读怎么办？只需要注册一个Read It Later（稍后再读）的帐户，再轻轻一按，整个网页即被保存并同步到云端的服务器。等到空闲的时候，再通过电脑、iPad或者iPhone进行阅读。它能记住上次停止阅读时的位置，再次打开后可以继续阅读，特别适合工作忙碌而又需要阅读大量网页的用户。另有免费版提供。

办公效率

Pages

语言：中文、英文

参考价格：$9.99　　　　➕iPhone和iPad通用

　　Pages是苹果公司出品的文字处理程序，相当于微软Office软件中的Word。它内置 16 种模板，能够创建信函、报告、卡片和海报。配合蒙版、阴影、倒影、相框、文字绕排等多种设计，让文档变得精美无比。Pages兼容Word文档和文本文件，可导入iPad相册中的图片。

Numbers

语言：中文、英文

参考价格：$9.99　　　　➕iPhone和iPad通用

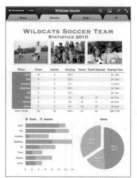

　　Numbers是苹果公司出品的电子表格处理程序，相当于微软Office软件中的Excel。Numbers提供了数据整理、计算以及列表管理所需的一切，包含 16 种模板、250 多种函数、智能键盘、灵活的表格和漂亮的图表。可查看和编辑Excel和CSV文件，可将表格存储为Excel或PDF文件，并通过邮件与别人分享。

Keynote

语言：中文、英文

参考价格：$9.99　　　⊞iPhone和iPad通用

　　Keynote是苹果公司出品的幻灯片处理程序，相当于微软Office软件中的PowerPoint。乔布斯在iPad发布会上引人入胜的幻灯片就是使用Keynote制作的。它内置8种幻灯片模板，可自定义图形样式，另有20多种绚丽的过渡动画，让幻灯演示充满生气。Keynote兼容PowerPoint文档，可将幻灯片存储为PPT或PDF格式，支持投影仪输出。

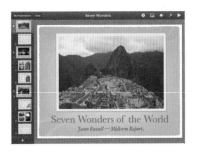

Office^2 HD

语言：中文、英文

参考价格：$7.99

　　Office^2 HD是一款优秀的Office套件程序，可以在iPad上查看、建立、编辑和存储Word文档、Excel表格和PowerPoint幻灯片，还可以阅读PDF文档，文件处理能力十分强大。Office^2 HD支持Google Docs和MobileMe iDisk，可以使文件进行云端同步。从性价比上考虑，Office^2 HD是一款值得购买的程序。

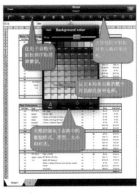

Dropbox

语言：英文

参考价格：免费　　　　　　➕iPhone和iPad通用

　　Dropbox是目前全球最流行的在线存储服务（网盘），通过云计算实现互联网上的文件同步。用户可以通过Dropbox客户端，把任意文件放入指定文件夹，文件即可自动同步到云端服务器和任何安装了Dropbox客户端的设备中。文件也可通过网页访问，并与其他用户分享。Dropbox提供2G的免费空间，支持Mac、Windows、iOS、Android等操作系统。

金山快盘

语言：中文

参考价格：免费

　　金山快盘是金山公司推出的网络存储服务，性质类似于Dropbox，提供2.6G的免费空间，可以将iPad、iPhone和电脑上的资料同步，可直接查看DOC、XLS、PPT、PDF、WPS等格式的文档和JPG、BMP、PNG等格式的图片，可将网盘里的图片存储在iPad相册中，也可将网盘内的文件作为邮件附件发送，还可以直接在iPad上播放网盘中的音乐。

Evernote

语言：中文、英文

参考价格：免费 | 程序内购买　　　　❖iPhone和iPad通用

　　Evernote是一款著名的跨平台笔记管理软件，可以用它记录想到的、看到的、听到的一切。它不仅具有强大的笔记捕捉功能，还采用了独特的标签分类方式，支持即时搜索，支持数据的网络同步。比如在家里用iPad记录了一条笔记，回到办公室在电脑上也可以看到它。Evernote支持PC、Mac、iPhone、iPad、Android等多种不同的设备。

乐顺备忘录

语言：中文、英文

参考价格：$4.99 | 免费

　　乐顺备忘录是一款创新的笔记和待办事项管理工具。具有漂亮的界面，能够自定义外观，有多种文件夹图标、颜色、字体和纸张背景可供选择。可以使用电子邮件发送附注，将附注与待办事项灵活结合，支持与Google Docs和Evernote同步，可设定文件密码保护和任务闹钟，是规划生活的好帮手。

适用 iPad 的 Todo

语言：中文

参考价格：**$4.99** | 程序内购买

　　Todo是一款任务管理工具，看似简单的界面中包含了非常强大的功能。支持联系人多重信息管理、待办事件多次提醒、项目和子任务核对、任务密码保护以及任务排序管理，支持与iCal和Outlook同步。Todo让任务管理变得简单有趣，另外还有精美的纸张和文件夹版式可供选择。

 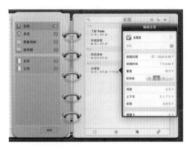

abc Notes

语言：中文、英文

参考价格：**$1.99** | 免费　　　　　　➕iPhone和iPad通用

　　abc Notes是一款非常实用的便签提醒类程序，可以把事务和计划写在便签里，然后"贴"在屏幕上。abc Notes拥有15个虚拟桌面、85种背景方案、38种便签纸条、27个徽章和115个图标，多种字体、字号和颜色。数不过来的颜色搭配方案，让记事本从此不再沉闷。

iBrainstorm

语言：英文

参考价格：免费

光看名字就知道iBrainstorm是一款头脑风暴工具。通常在进行头脑风暴时，会拿很多张便签，将各种天马行空的想法记录下来并贴满整个白板。iBrainstorm将头脑风暴移植到iPad上，可随意添加各种便签，支持多达4台设备通过Wi-Fi或蓝牙连接，在iPad上参加iBrainstorm的头脑风暴会议。

MindPad

语言：中文、英文

参考价格：$6.99

MindPad一款思维导图程序，风格与著名的思维导图软件MindManager非常相似，可方便地创建节点、改变节点位置和从属关系，可为节点添加图标、注释、链接等信息，可改变节点的形状、颜色和文字的颜色，可将思维导图存储为PDF和MMAP等多种格式，支持Dropbox网盘，支持视频输出，可以将思维导图输出到投影仪进行分享。

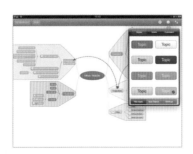
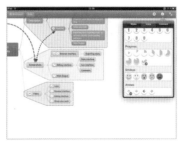

UPAD

语言：英文

参考价格：$4.99 | 免费

这可不是一般的记事本，UPAD特别支持在PDF文件和图片上进行涂鸦和书写。无论是用来做读书笔记、图文日记还是工作文档，UPAD简单实用的书写工具和视频输出功能，让记录和分享变得格外轻松。如果配合触控笔一起使用，UPAD将如虎添翼，是一款非常方便的iPad手写注释程序。另有免费版提供，免费版不支持PDF输出。

Penultimate

语言：英文

参考价格：$1.99 | 程序内购买

Penultimate是一款方便简洁的手写笔记程序，微黄的纸张质感接近于真实的笔记本，特别适合随手写写画画。可以调整画笔的粗细和颜色，可以选择方格、横线、白纸等不同的笔记本纸张类型，一些专业类型的纸张则需另外购买。首次打开Penultimate时，会见到一个预置的笔记本，里面有程序的详细使用图解。

FIT写字板

语言：中文、英文

参考价格：**免费**　　　　　　　　　**+**iPhone和iPad通用

　　FIT写字板是由Mac平台著名的FIT输入法团队新点科技开发的一款输入工具，实现了iPad用户不用"越狱"也能享受高品质中文输入法的梦想。它内置Emoji表情键盘、符号表情键盘和多种FIT输入法的备忘记录工具，支持全拼双拼混合、拼音五笔混合等多种输入方式，一键即可发送到E-mail、剪贴板，令中文输入效率大大提高。

QuickVoice Recorder

语言：英文

参考价格：**免费 | $2.99**　　　　　　**+**iPhone和iPad通用

　　QuickVoice能将iPad变成专业录音笔，创意灵感、语音备忘录、会议和讲座等都能被清晰地记录。它的录音效果可达到CD音质，弥补了iPad没有内置录音程序的遗憾。QuickVoice支持将录音资料通过邮件发送，收费版还可以通过语音识别技术，将录制的声音转换成文字（暂不支持中文），是商务人士的首选录音程序。

Dragon Dictation

语言：中文、英文

参考价格：**免费**　　　　　　➕iPhone和iPad通用

　　无论是太忙或是太懒，反正是在不愿意打字的时候，Dragon Dictation就是最佳的帮手。它能"听懂"自然状态下的说话内容，通过语音识别技术将其转变成文字信息，再通过复制粘贴等方式进行输出。Dragon Dictation支持汉语普通话、美式英语、英式英语、法语、德语、意大利语、西班牙语、日语等众多语言。该程序必须在联网的情况下才能使用。

讯飞口讯

语言：中文

参考价格：**免费**　　　　　　➕iPhone和iPad通用

　　讯飞口讯是一款国产的语音识别程序，语音识别准确率高，需要在联网的情况下使用。它能够通过语音进行文字输入，支持将输入的内容通过邮件进行发送。只需轻按麦克风图标，系统将自动填写内容到文本框，能够一边说话一边识别，支持连续说出长段文字，还能够自动添加标点符号，智能检测说话结束。双手从此被解放，文字输入更轻松。

实用工具

万年历

语言：中文

参考价格：免费 | $0.99　　　　➕iPhone和iPad通用

　　万年历是一个可以显示中国传统农历日期的工具，能按日、周、月方式显示，另外可以显示中国节气、节日和国际节日。同时，它还能显示每天的宜做和禁忌事项。可以在日历上查看当日新闻，也可查看历史上的今天，还有记事和日期提醒功能，从此不会再忘记好友的生日。收费版中没有广告。

倒数日 HD

语言：中文

参考价格：免费

　　这是一款记录生活中重要日子的小工具。比如它能够显示距离发工资还有多少天、宝宝已经出生了多少天、距离情人节还有多久。它具有超大的日历显示方式，有纪念日、工作、生活3种不同分类，支持重复提醒，可与Google日历同步。

计算器 HD Free

语言：英文

参考价格：**免费**

iPad内置程序里没有计算器，有时真的很不方便。计算器 HD Free是一个设计简洁、功能全面的计算器，提供标准计算和科学计算功能，可以满足普通和专业的计算需求。计算器 HD Free能够以全屏显示，支持横排和竖排模式。程序运行时，别人还真会误认为iPad就是个大号的计算器呢。

超炫电子闹钟HD

语言：英文

参考价格：**免费**

超炫电子闹钟HD能把iPad变成炫酷的电子闹钟。它具有精美的绿色LCD主题，支持12和24小时制显示，可定制自动锁定时间，自动显示所在地区的天气情况。独特的小睡功能给人缓一缓再起床的机会，另外可以设置多个闹钟提醒和多种铃声。

贝客天气iPad版

语言：中文

参考价格：**免费**

　　这是一款朴实的天气预报程序。信息来源是中国中央气象台，数据每小时更新，可查询当日白天和夜间的天气情况，以及未来一周的天气预报。覆盖中国所有的城市和县城，可通过地区名称、拼音或区号来添加和管理多个城市。专为iPad设计的纯中文界面，支持屏幕横排和竖排模式，而且这是个没有广告的免费程序。

Weather HD

语言：英文

参考价格：**免费 | $0.99**　　　　➕iPhone和iPad通用

　　从来没有一个天气预报像Weather HD这样梦幻！这是一款能让人着迷的程序，天气预报不再只是阴晴雨雪、温度、风力的图标和数字，Weather HD带来了逼真的高清动画，各种气候效果以实景方式呈现，电影级的画面特效使人仿佛身临其境。Weather HD可设定查看多个城市和未来一周的天气情况。免费版能查看的城市较少。

谷歌手机软件

语言：中文

参考价格：**免费**　　　　　**+**iPhone和iPad通用

　　这是一款神奇的搜索程序，可以使用iPad 2的相机拍照进行搜索，通过图像识别技术识别照片中的物体并返回搜索结果，拍照的内容可以是条形码、著名商标、地标或艺术品。通过语音识别技术，只需说出查询的字词即可搜索网页。在地图搜索中，无需键入当前位置就能查找周边的信息。Google的产品总是很神奇。

免费全国车辆违章查询

语言：中文

参考价格：**免费**　　　　　**+**iPhone和iPad通用

　　这款程序的界面设计非常朴实，功能也十分简单。用户只要选择需要查询的城市，程序将直接导入相应地区的交通主管网站，输入车牌号、发动机号等相关信息，即可查询违章情况。支持双指按住屏幕张开、合拢来控制画面大小，支持屏幕横排和竖排显示。

Clinometer

语言：英文

参考价格：$0.99｜免费　　　　　　　iPhone和iPad通用

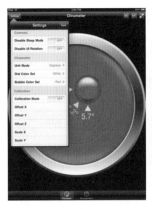

这是一款利用iPad内置的重力感应器进行倾斜度测量的工具。将iPad水平放置和垂直放置时有两种不同的显示模式。它能够测量的内容相当专业，就算业余玩家也可以在家里装修时把iPad变成专业的测量工具。另有功能简单的免费版提供。

Multi Spirit Level

语言：英文

参考价格：免费　　　　　　　iPhone和iPad通用

如果觉得上一款程序过于专业，不容易上手的话，Multi Spirit Level就是一款针对普通用户的实用工具了。同样是利用iPad内置的重力感应器，小小的气泡让操作简单易懂。无论是在家中测量正在装修的地板，还是为台球桌测试水平都非常方便。有兴趣的话也可以利用Multi Spirit Level把iPad变成一个练习平衡的游戏机呢。

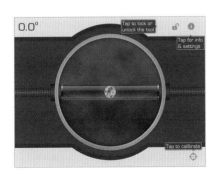
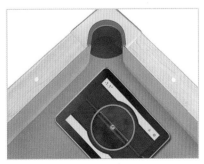

Noise Sniffer

语言：英文

参考价格：免费

　　这是个简单实用的噪音探测程序，通过iPad内置的麦克风检测周围环境的声音。轻按Start开始检测，按下Stop结束检测，屏幕上将显示检查到的声音平均分贝值，告诉用户所处环境的噪音水平。程序还会判断这些噪音源大致来自哪些地方，并提醒用户噪音污染是否已经对健康造成危害。

iBanner HD for iPad

语言：英文

参考价格：免费

　　iPad什么都能变，现在它又摇身一变，成了一块LED屏幕。只需在iBanner HD for iPad中输入文字，iPad就能像LED广告牌那样滚动飞字。文字的大小和字幕滚动的速度都可以设定，还能利用标点字符编辑一些可爱的表情。将iPad放进橱窗，行人一定会为此好奇，从而招揽更多的顾客。在机场接人的时候，滚动显示的字幕也会无比醒目。

USB Sharp

语言：中文

参考价格：**免费** | $0.99　　➕iPhone和iPad通用

　　iPad只能通过iTunes传输文件会让人觉得很不方便，有了USB Sharp就能解决这个问题。它可以将iPad变成一个无线U盘，通过Wi-Fi网络直接从电脑上存取iPad中的文件，还可以对文件进行复制、剪切、删除、重命名、压缩、解压缩等操作，支持通过邮件分享文件和文件夹，能够直接查看主流格式的文档、图片、音频和视频文件。收费版支持打开RAR等更多格式的文件。

XSysInfo

语言：中文、英文

参考价格：**$1.99**　　　➕iPhone和iPad通用

　　XSysInfo可以显示iPad的系统信息，还可以释放iPad内存。玩家在进行游戏前释放内存，可让游戏运行得更加流畅。特有的深度清理功能，可以释放更多内存。如果打开"深度清理"选项后仍然觉得内存不够，还可以用力晃动iPad，此时本程序也会自动退出。请注意这并不是程序崩溃，而是该程序的一个功能。

Atomic Web Browser

语言：英文

参考价格：免费 | $0.99　　　　　　➕iPhone和iPad通用

　　如果用不惯iPad自带的Safari浏览器，请试试Atomic Web Browser，你一定会爱不释手。它可以打开多个页面、导入电脑的收藏夹、调整网页的字体大小，支持多种手势操作，支持多标签浏览，支持页面内搜索，支持全屏显示，可以屏蔽网页中的广告，可以存储网页进行离线浏览。免费版不能屏蔽广告，也无法自动保存网页。

QQ浏览器HD

语言：中文

参考价格：免费

　　QQ浏览器HD是腾讯出品的一款免费网页浏览器，支持打开多个网页，在网页之间切换时不会出现重新载入的现象，还可以保存网页文件和网页上的图片。它提供了大量的网址分类导航，只需在地址栏输入几个字母，智能网址联想功能就可以填入完整的网址。QQ农场一键收获功能更让QQ用户倍感亲切。

社交网络

QQ HD

语言：中文

参考价格：免费

　　腾讯QQ的iPad客户端，针对iPad的特点重新设计了用户界面，可在iPad上轻松实现即时聊天、好友管理、QQ群管理、发送图片等功能，多次登上App Store社交类排名榜首的位置。不过和QQ的电脑客户端比起来功能还相差很多，目前还不支持发送自定义表情和视频通话等功能。

IM+

语言：中文、英文

参考价格：免费 | $9.99　　　　　　　　　➕iPhone和iPad通用

　　这是一款著名的IM（即时通讯）工具，集合了GTalk、Yahoo、MSN、AIM、iChat、ICQ、MySpace、Twitter、Facebook和Jabber等多种聊天工具，无需另外注册，输入帐号即可开始聊天。支持多帐户同时登录，支持离线消息，支持群聊，可跟踪地理位置，内置的浏览器可打开聊天信息中的网页链接，收到新邮件时会即时进行提醒。

微博 HD

语言：中文

参考价格：免费

　　这款新浪微博专门针对iPad用户打造的客户端，集查看、发布、评论、转发、私信、关注等功能于一体，可以随时随地同朋友分享身边的新鲜事。支持多帐户登录，可以打开微博中的网页链接，可查看微群，支持自定义背景界面，支持Push推送功能，让用户不会错过任何一条微博。它的新版本还特别针对iPad 2增加了拍照发微博功能。

腾讯微博HD

语言：中文

参考价格：免费

　　腾讯微博HD具有独特的用户界面，用户可发布广播，可收听他人的微博，也可以和朋友私信交流，可以自定义背景，搜索感兴趣的话题和用户，支持在微博中发送图片。使用腾讯微博，可以随时随地记录所思所想，与志趣相投的好友共同获取资讯、记录成长。

QQ空间 HD

语言：中文

参考价格：免费

使用Safari浏览器登录QQ空间时，有很多功能无法使用，针对这一情况腾讯专门开发了QQ空间的iPad客户端。通过这个程序，用户可以在iPad上查看和撰写QQ日志，可以从iPad相册选择照片上传到QQ空间，可以播放QQ空间中的音乐。喜欢游戏的玩家还可以使用QQ空间的各种热门应用，和朋友一起抢车位，去QQ农场玩偷菜游戏。

糗事儿

语言：中文

参考价格：免费　　　　　　＋iPhone和iPad通用

这是一款源于糗事百科，让人大笑不止的应用程序。它搜集各种令人捧腹的糗事，内容每天更新，信息量超大。它还可以在程序内登录飞信，获取好友列表，通过飞信把有趣的事情分享给好友。如果工作累了，就用iPad打开糗事儿用力笑吧。嘘……小声点，没事偷着乐。

影音玩乐

iMovie

语言：中文、英文

参考价格：$4.99　　　➕iPhone和iPad通用

　　iMovie是苹果公司出品的专业视频编辑制作程序，具有八款独特的主题可供选择，每款主题都包括精美的标题、动感的过渡效果和精彩的配乐。用户只需把照片和配音准备好，或随手用iPad 2拍摄一段视频，就可以用iMovie制作一部"好莱坞级别"的大片了。

GarageBand

语言：英文

参考价格：$4.99

　　GarageBand是苹果公司出品的全能音乐制作程序，它能将iPad变成钢琴、吉他、架子鼓等十余种乐器，通过iPad的多点触控功能，让演奏变得妙趣横生。GarageBand还可以录制自己的演奏，通过八轨道混音功能，将玩家的音乐才华表现得淋漓尽致。赶快用iPad录下自己的歌声，再配上亲自制作的乐曲，用邮件发送给朋友们分享快乐吧。

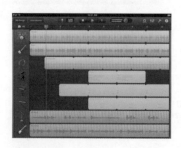

Classical Guitar

语言：英文

参考价格：免费

Classical Guitar是一款iPad上的古典吉他程序，玩家可以借用它来感受动听的尼龙弦古典吉他。它的灵敏度很高，十分容易弹奏，甚至能够显示琴弦的振动。可配置和弦参数，支持左撇子弹奏，音质十分出色，让玩家体验接近真实的吉他弹奏感受。

Virtuoso Piano Free 3

语言：英文

参考价格：免费 | 程序内购买　　　　　　＋iPhone和iPad通用

这款iPad钢琴程序界面设计优美，音色出众。具有坚固的低音、热烈的中段和清脆的高音。包含了7个八度、88个黑白键，滑动屏幕上方的灰块切换键区。如果担心按不准键盘，选择Touch Glow模式，每次手指落下时，所在的八度都会以相同的颜色显示。Virtuoso Piano支持双键盘操作，玩家可以从容地滑动屏幕尽情弹奏。

TuneIn Radio Pro

语言：英文

参考价格：$0.99 | 免费　　　⊞iPhone和iPad通用

　　TuneIn Radio Pro可能是iOS设备上最好的收音机程序，能收听来自世界各地超过4万个电台广播，弥补了iPad没有收音机功能的遗憾。它采用类似iTunes的界面设计，操作简单直观，结合Google地图可直接查找并收听指定区域的电台广播。收费版去除了广告，增加了电台录音功能。

可视收音机

语言：中文

参考价格：免费　　　⊞iPhone和iPad通用

　　可视收音机将iPad变成一台巨大的收音机，程序界面类似传统的老式收音机，非常亲切。它具有定位推荐、预约播放、实时节目单等功能，可随意变换皮肤颜色，随时查看节目介绍，是一款实用的收音机程序。

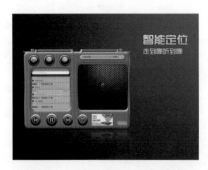

QQ音乐HD

语言：中文

参考价格：免费

　　QQ音乐是腾讯公司打造的正版网络音乐与本地音乐播放平台。它的操作界面与iPod类似，非常容易上手。用户登录QQ帐户后，可以从腾讯海量的音乐库中搜索到喜欢的歌曲，直接通过网络播放或下载到iPad中播放，还能同步电脑上的QQ 音乐收藏夹，另有歌词和唱片封面提供。

SoundHound

语言：英文

参考价格：免费 | $6.99　　　　　　　　⊞iPhone和iPad通用

　　对着iPad轻声哼唱几句，仅仅几秒钟就能找到哼唱的歌曲名字，这的确是真的！SoundHound提供全世界最神奇的声音搜索，只需轻声哼唱就能搜索到歌手、歌曲名等资料，甚至还能有歌词，还能通过邮件等方式和朋友分享。收费版去除了广告，能以更短的时间搜索更多的内容。

会说话的汤姆猫

语言：中文、英文

参考价格：免费 | 程序内购买

会说话的汤姆猫在网络上红透半边天，甚至连警方也借用它来宣传《防范电信诈骗》。玩家可以对着它说话，汤姆会滑稽地进行复述。摸它、挠它、戳它或是捉它的尾巴，汤姆会做出各种可爱的表情和动作来回应，还可以把它录制成视频。另外，这款程序的开发商开发了一系列类似的应用程序，都非常有趣。

我的杰作！

语言：英文

参考价格：免费 | 程序内购买　　　　✚iPhone和iPad通用

蒙娜丽莎长胡子了？没错，这是男版的蒙娜丽莎。玩家可以从相册中调入一张照片，或者用iPad 2拍摄一张照片，调整好位置把自己的脸庞对准到蒙娜丽莎的脸上，来个移形幻影大法，一定会有意想不到的"笑"果。程序内有56张名画可供选择。

ArtRage

语言：英文

参考价格：$6.99

　　ArtRage是Mac和Windows平台上著名的绘画软件，现在推出了iPad版。ArtRage最适合用来进行油画创作，它对各种画笔特性的模仿令人称绝，还可以模拟不同的纸张和画布，质地极其真实，让人完全感觉不到是在电脑中作画。ArtRage的售价还不到一盒颜料的价格，对于"懂行"的人来说，实在是太便宜了。

SketchBook Pro for iPad

语言：英文

参考价格：$4.99 | 免费

　　SketchBook Pro是Autodesk公司出品的专业绘画程序。它具有独特的多点触控界面，预置了60种可自定义的笔刷，另有100多种笔刷提供免费下载。它的工具栏使用方便，可以在绘图、对称、文本、图层等模式之间任意切换，还可以将绘画结果保存为PSD文件。无论涂鸦爱好者还是专业艺术家，都可以用它来尽情挥毫。

Procreate

语言：英文

参考价格：$4.99

Procreate是一款令人激动的绘画程序，专为iPad 2进行了优化，显示和运行速度大幅提升，并提供了更大的画布，支持画出高清分辨率的作品。它内置12种专业笔刷，可任意调整笔刷的属性；支持图片导入，支持图层操作，并支持图层之间的混合模式，可将绘画结果保存为PSD和PNG文件。

Zen Brush

语言：英文

参考价格：$2.99　　　　　　➕iPhone和iPad通用

　　Zen Brush是一款与众不同的应用程序，可以用来练习书法或进行水墨画的创作。它内置了38种背景，有3种笔刷和2种擦除工具，笔刷粗细可调，可以畅快淋漓地写出笔锋效果，在iPad上体验挥毫泼墨的快感。从此不需要笔墨纸砚，也能随时练习毛笔字了，符合当前"环保、低碳"的潮流。

LomoLomo for iPad

语言：英文

参考价格：$2.99

　　这是一款十分有趣的创意摄影程序，通过在程序内更换不同的镜头和胶卷，可以得到十余种专业的创意照片效果，是文艺青年们必备的摄影程序。它还可以将调整好的照片分享到Flickr、Picasa等图片社交网站。iPhone版的LomoLomo程序是免费的，因此iPad版的价格就显得略高了一些。

TiltShift Generator for iPad

语言：中文、英文

参考价格：$2.99

　　在一些优秀的摄影作品中，经常能看到照片里的世界像童话里面的小人国，房屋、汽车、行人都变得好像微缩景观一样。通常这种效果需要用专业的移轴镜头拍摄，这类镜头动辄数万元，而一款不到3美元的iPad应用程

序，也能达到类似的效果。TiltShift Generator可以制作移轴镜头的微缩景观，还有一些调整照片色彩的功能，是一个非常实用的程序。

Fotolr照片工坊HD

语言：中文、英文

参考价格：**免费** | $2.99

　　这是一款简单实用、功能强大的照片处理程序，使用Fotolr照片工坊每个人都能拥有完美的照片。Fotolr照片工坊可对照片进行旋转、剪切、调整大小等编辑，还能调整照片的色彩和对比度，添加照片特效、边框、场景和文字。人像处理方面具有瘦脸、去痘、美白、腮红、口红、假发、头发染色等有趣的功能。

PhotoShake for iPad

语言：英文

参考价格：**$1.99**

　　打开PhotoShake，把iPad 2拍摄的照片或相册里的照片整合在一起，晃动一下iPad，就能将多张照片拼接成一张漫画般的新图片了。PhotoShake可以自动调整人物构图，内含多种相框和主题模式，还可以对照片添加对话气泡，进行色彩加工，支持多种图片分享方式。

Adobe Photoshop Express

语言：英文

参考价格：免费 | 程序内购买　　　　🔳iPhone和iPad通用

　　这是大名鼎鼎的Photoshop的iPad精简版应用程序，它聚集了很多实用的编辑功能，如图片的裁剪、旋转和翻转等。在调色和效果方面，曝光处理、黑白照片、饱和度调整、柔焦和降噪等功能也一应俱全。玩家可以利用iPad 2的相机拍照，再通过Adobe Photoshop Express轻松搞定照片的调整，和朋友们共同分享美好的瞬间。

TouchRetouch HD

语言：英文

参考价格：$0.99

　　欣赏自己的旅行照片时，经常会发现在美丽的风景中，有那么几个路人或者电线杆显得大煞风景。打开TouchRetouch HD，选中照片中不要的区域，轻轻一按，杂物瞬间就会消失得无影无踪。不过要是将一群人中的某一个抹掉，TouchRetouch HD可就无法代劳了。

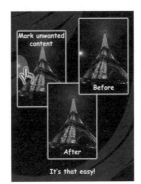

Phoster

语言：英文

参考价格：$0.99　　　　　■iPhone和iPad通用

　　Phoster是一款非常容易使用的海报制作工具，只需简单几步就能制作出新潮时尚的海报。它附带66种海报模板，每一种都极具设计感。可自定义海报标题文字的大小、颜色、字体等参数。设定好文字之后，程序还提供了19种滤镜对海报做最后的调整，让它显得与众不同。

AVPlayerHD

语言：中文

参考价格：$2.99

　　是否厌倦了每次必须转换格式才能在iPad上播放视频？还在为自己珍藏的高清电影无法在iPad上欣赏而苦恼吗？AVPlayerHD就能解决这些问题。它无需转码，即可直接播放MKV、DIVX、AVI、WMV、RMVB、MPG等多种格式的视频文件，支持SMI、TXT、SRT、SUB等格式的字幕，支持720P和1080P（需硬件解码）的高清视频。

CNTV中国网络电视台 HD

语言：中文

参考价格：免费

中国网络电视台的iPad客户端，提供全球化、多语种的网络视频平台。独家提供中央电视台17个频道的电视直播，第一时间权威报道国际国内重大政治、经济、社会、文化、体育等活动和事件。整合CCTV和CNTV新闻、经济、体育、综艺、影视、少儿等节目资源，具有功能强大、实时更新的视频点播系统，为全球用户提供海量的免费视频节目。

凤凰卫视HD

语言：中文

参考价格：免费

凤凰网的iPad客户端，独家提供凤凰卫视中文台和凤凰资讯台在凤凰网上的精彩视频，在iPad移动平台上，向人们展现凤凰独家视频资讯，包括新闻、军事、财经、社会、娱乐等丰富内容。更有鲁豫有约、锵锵三人行、军情观察室、凤凰全球时事等凤凰卫视强档节目的精彩推荐。

优酷HD

语言：中文

参考价格：**免费**

　　优酷网专为iPad打造的视频播放应用程序，继承了优酷网高速流畅的特点，为用户提供高清视频的观看体验。它的内容涵盖了优酷网所有的正版视频，包括海量的高清电视剧、电影、综艺节目等板块，每日更新，支持在线播放，并支持玩家用iPad 2拍摄视频直接上传至优酷网。

土豆网

语言：中文

参考价格：**免费**

　　土豆网的iPad客户端是以观看、分享为主的视频服务产品。依托土豆网强大的视频资源和技术优势，实现了超过4000万个视频的在线播放或下载离线观看。支持将iPad 2拍摄的视频方便地上传到土豆网，自由的一键分享功能，良好的上传和下载体验，带给用户全方位的移动视频感受。

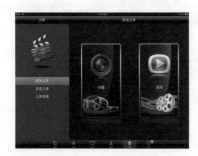

迅雷看看 HD

语言：中文

参考价格：免费

迅雷看看 HD使用迅雷网站拥有的海量影视资源，提供最全面的影视大餐。迅雷看看 HD采用了行业领先的影片压缩与传输技术，影片的清晰度和播放的流畅性都非常高，具有影片下载功能，可以将喜欢的影片存储在iPad中随时离线观看。

奇艺高清影视

语言：中文

参考价格：免费

奇艺是百度旗下的视频网站，这是它提供的一款高清视频在线观看软件。它的内容丰富多彩，清晰流畅，程序运行稳定，设置了院线大片、热播剧集、经典动漫、综艺节目、公开课等频道，节目持续更新，操作界面简单友好，完美支持AirPlay和后台播放。通过注册帐户，还可实现在不同的终端上同步播放记录。

QQLive HD

语言：中文

参考价格：免费

QQLive HD是腾讯公司为iPad用户量身打造的网络视频应用程序，为用户提供免费、高清、流畅的网络视频服务。它具有贴心的界面设计，模拟轻松的家庭场景，热门电影、电视剧、综艺节目、电视直播等内容一应俱全。支持离线播放，能够自动记忆上次播放的位置，还可以通过Apple VGA转接器将视频输出到电视上观看。

PPTV网络电视

语言：中文

参考价格：免费

电脑上流行的PPTV网络电视如今也推出了iPad客户端，包含电影、电视剧、动漫、综艺、体育、资讯、游戏等众多视频分类，涵盖数以十万计的视频内容，内含大量高清视频，播放顺畅。不过令人遗憾的是，iPad版PPTV没有加入电视直播的内容。

生活时尚

京东商城 HD

语言：中文

参考价格：免费

　　京东商城是目前中国最大的网络购物商城，这款程序是京东专门为iPad推出的移动购物平台。京东商城在线销售的全部是正品行货，30余万种商品覆盖了电脑、数码、电器、百货、图书、音像等共11大类数万个品牌。京东有多种付款方式，提供机打发票，并有免费送货、售后上门取件等服务。使用京东商城的客户端程序，可以随时通过iPad享受网购的乐趣。

淘宝 HD

语言：中文

参考价格：免费

　　淘宝HD是淘宝网推出的iPad客户端程序，集成了淘宝网商品搜索、浏览、收藏、购买等功能，还可以在程序内通过旺旺在线沟通，也能在线查询物流，查看购买物品的最新情况。支持购物车，支持宝贝和店铺的收藏，支持查询3个月内的历史交易情况，还可以将信息分享到新浪微博或豆瓣网。

VANCL HD

语言：中文

参考价格：**免费**

　　VANCL HD是国内知名的购物网站凡客诚品推出的iPad客户端，具有商品浏览、商品搜索、商品收藏、购物车、物流查询等主要功能，另外还有秒杀等优惠活动。凡客诚品了解客户的各种需求，清晰的商品分类、精美的商品图片，轻轻滑动指尖，将会体验到用iPad购物也会是一种享受。

拉手团购 HD

语言：中文

参考价格：**免费**

　　不知何时团购悄然兴起，面对铺天盖地的团购信息，怎样才能找到自己想要的东西？这是知名团购网站拉手网的iPad应用程序，支持查看全国300多个城市的所有团购信息，支持直接购买团购商品，看到满意的商品可立即下单。它还支持Check-in功能，对每单成功购买的商品Check-in，即可获得拉手网的额外返利，消费越多，返利越多。

实用家常菜谱大全

语言：中文

参考价格：$0.99

只需花费0.99美元，比吃一碗面还便宜的价格，就能获得3万份精美实用的家常菜谱，在线或离线都能查看。每个菜谱均有原料、做法、口味、烹饪方式和注意事项。支持菜谱收藏、邮件分享菜谱，在线收看土豆网烹饪视频，可按菜系、菜品、食材分类选择菜谱。快拿着iPad去厨房一展身手吧。

美食天下

语言：中文

参考价格：免费　　　　　➕iPhone和iPad通用

美食天下是一个优秀的免费菜谱程序，支持在线和离线浏览菜谱，每个菜谱有详细的操作步骤和图解，可按菜名和材料搜索，更提供多种菜谱分类方式，如：菜品口味、烹饪工艺、制作难度等，还能与菜谱发布者或其他网友分享烹饪心得。软件内置30道菜谱，可下载存储或更新。

生活帮手

语言：中文

参考价格：**免费**

生活帮手是由阿邦网打造的一款iPad程序。这里有生活中需要知道的、学习的、掌握的各种知识和窍门，从生活小常识到美味佳肴的制作方法，从最时髦的服装推荐到最酷的游戏评论。在主页中添加关注话题，摇身变成一本纯粹的个人生活手册，从此成为朋友眼中的万事通，家人眼中的生活专家。

家庭医药箱（10合1精华版）

语言：中文

参考价格：**$1.99**

家庭医药箱是一个健康知识的宝库，包含了疾病库查询、疾病症状自测、全国医院查询、两性健康、药物禁忌、家庭急救手册、疾病专题、日常疗法、小儿专科等医疗常识板块。可辅助判断病症，了解常用药品，查询医院情况，了解急救时必须掌握的专业知识，是一款有备无患的应用程序。

周末画报·iWeekly for iPad

语言：中文

参考价格：**免费**

　　创刊于1980年的《周末画报》推出了它的iPad应用程序，拥有每日全球图片故事、封面专题、独家中文专栏博客等栏目，资讯信息量大，图片美轮美奂，阅读体验出众。它支持将图片保存到iPad相册，支持邮件和微博分享，支持离线阅读，在没有网络时也可以继续欣赏。难能可贵的是，如此精美的应用程序，所有的内容都是免费的。

外滩画报

语言：中文

参考价格：**免费**　　　　➕iPhone和iPad通用

　　《外滩画报》是国内领先的高端时尚周刊，影响遍及北京、上海、广州等各大城市。《外滩画报》一直坚持原创，追求独家消息，以独特的视角挖掘有价值的新闻，以国际化的杂志标准，深入报道国际重大话题和全球时尚潮流。这款应用程序版面设计精美，内容毫不含糊，在iPad上还能选择浏览电子版或传统纸媒的内容。

时尚杂志汇

语言：中文

参考价格：免费

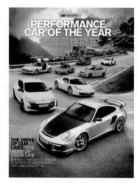

时尚杂志汇是一款杂志阅读工具，由国内时尚门户网站YOKA推出，旨在服务高端消费人群，搜罗了时尚集团旗下《时尚芭莎》、《时尚COSMO》、《男人装》、《时尚先生》、《华夏地理》、《时尚座驾》、《时尚家居》、《时尚旅游》等众多热销杂志。用户可下载杂志离线阅读，不过可供下载的杂志比报刊亭零售版的杂志略有延期。

时尚网HD

语言：中文

参考价格：免费

时尚网HD是时尚集团推出的一款iPad应用程序。它采用绚丽的互动形式，第一时间展示最新的时尚潮流和顶级的奢华产品。透过它漂亮的界面，可以享受奢华服装盛宴，掌握潮流资讯，了解时尚生活。时尚网HD不仅华丽而且有趣，还能指导并影响用户的时尚观念。

摄影之友杂志

语言：中文

参考价格：**免费**　　　　➕iPhone和iPad通用

　　这是《摄影之友》杂志的电子版，可以在iPad上欣赏到与当月纸媒杂志同样精彩的内容。它的浏览速度快，支持画面放大缩小。在iPad上欣赏《摄影之友》时，拥有与观看传统的纸质杂志几乎一样的视觉感受。程序内只含有一期杂志的内容，可以通过在App Store中更新程序的方式，免费获得最新一期的杂志。

印象杂志HD

语言：中文

参考价格：**免费**

　　印象杂志HD是国内知名摄影网站POCO.CN出品的网络视觉杂志，收录国内外知名摄影师的时尚摄影作品，分享世界各地主要城市和景观的自由行攻略。杂志内容每月更新，可下载后离线阅读，支持高清摄影图片的收藏，支持通过微博和邮件分享，还可以通过类似于iPod的Cover Flow形式，翻动以往的各期杂志专题。

电影网HD

语言：中文

参考价格：免费

电影网HD依托于CCTV 6电影频道，为广大电影爱好者提供精彩视频、高清电影、电影频道的电视节目等内容。电影网HD还提供第一手的影视资讯，各大影展最新动态和电影明星的娱乐新闻。此外，还提供国内主要大中城市的影讯查询和影院资料，是电影爱好者的必备程序。

IMDb Movies & TV

语言：中文、英文

参考价格：免费　　　⊞iPhone和iPad通用

IMDb是目前世界上关于电影、电视和名人信息的最大的资料库，IMDb的这款应用程序也是App Store中极受欢迎的应用程序之一，在搜索放映信息、电影评分、浏览影集、电视节目列表、查找最新上市DVD、探索电影流行元素以及共享电影信息等方面均有不俗的表现。比较遗憾的是目前在国内暂时无法通过该程序观看电影预告片。

PCauto汽车杂志

语言：中文

参考价格：免费

　　PCauto汽车杂志是太平洋汽车网为iPad用户精心打造的电子杂志。通过优美的平面设计，丰富的影音展现，以及多种交互动画，让阅读更加立体化。杂志包括封面故事、评测试驾、汽车美女等众多栏目，不定期推出新车和车模专题，以丰富而精彩的内容满足车迷对于汽车资讯的需求，并支持将杂志内容通过微博发布。

汽车之家HD

语言：中文

参考价格：免费

　　作为一家权威的汽车网站，汽车之家推出的这款程序具有新颖简洁的界面设计，各种汽车信息一目了然，同时提供了最新的汽车资讯，精彩的高清汽车图片，还能根据用户的喜好，为关注和喜爱的车型添加订阅信息。汽车之家HD支持屏幕横排或竖排，与网站数据随时保持同步。

体育画报

语言：中文

参考价格：免费

　　作为中国先锋体育媒体品牌，《体育画报》以本土化的思路创造了独特的iPad电子杂志，为读者带来全新的阅读体验。读者可以在程序中下载《体育画报》杂志，也能看到体育画报网站的第一手资讯，欣赏更多的精美图片、原创视频和体育新闻，是体育迷必备的iPad体育消息来源。

时尚最体育

语言：中文

参考价格：免费

　　《时尚最体育》是时尚传媒集团与黄健翔共同出品的iPad电子杂志，它定位潮流运动，引领品质生活，负责报道体育中的一切时尚元素。极富科技感的画面，丰富的多媒体内容，时尚的生活方式，健康的生活态度，《时尚最体育》以独特的时尚眼光阅读体育，让体育以时尚的方式融入生活。

记得看球

语言：中文

参考价格：免费　　　　　iPhone和iPad通用

这是一款可以轻松获取每天最新足球赛事资讯的程序，涵盖全球各级别热门联赛和杯赛，同时提供便捷的足球赛事订阅提醒功能，将iPad变成一个球赛闹钟，避免错失每场重要的比赛。程序目前提供英超、意甲、西甲、德甲、欧冠杯、英足总杯、中超、南美、亚洲等22个赛事的一周内赛程预告，以及过去一周的赛事结果。

All-in YOGA HD

语言：中文、英文

参考价格：$3.99

瑜伽这种古老的健身方式，如今在白领中间非常流行。每天在办公室里辛苦地工作，空余时间就可以把iPad拿出来学习瑜伽，锻炼身心。All-in YOGA HD有200多个姿势，配备详细的说明、照片和视频教程，还有特别的瑜伽音乐，还可根据个人情况设定专属的锻炼目标。

金融财务

大智慧 for iPad

语言：中文

参考价格：免费

　　大智慧 for iPad是由大智慧专业团队精心研发，集市场行情、精品资讯、深度分析、交易委托等特色于一身的专业iPad炒股程序。界面简洁，操作流畅，符合iPad用户的使用习惯。通过数据资料分类化、图表化、系统化的展示，直观地向用户揭示个股基本面信息。

同花顺 HD

语言：中文

参考价格：免费

　　同花顺iPad版支持沪深行情、港股行情、全球股指、期货等多种证券行情免费查询，可切换查看分时、报价、K线、明细等专业数据，实时更新与网站同步的海量资讯，支持全国85%以上券商的在线交易，支持与电脑帐户同步数据。同花顺 HD精心的界面布局和顺畅的操作，可以让用户全心投入在股票操作中。

Wind资讯股票基金债券投资专家 Pro

语言：中文

参考价格：**$9.99 | 免费**

　　这是Wind资讯（万得资讯）推出的iPad版证券分析软件。Wind资讯是中国金融信息服务行业的领导者，提供中国市场相对最全面、最准确的金融数据和强大的分析工具，是中国各类金融专业人士必备的投资研究工具。有超过1600家机构使用Wind资讯的服务，包括100%的国内基金管理公司、100%的全国性商业银行、85%的国内证券公司、75%的QFII机构和60%的国内保险公司。另有免费版提供。

操盘手主力版

语言：中文

参考价格：**免费**　　➕iPhone和iPad通用

　　操盘手主力版不仅提供个股行情、涨跌排名等基础功能，还提供"机构资金动向+操盘买卖点决策"的特色功能，帮助投资者紧跟机构动态，挖掘潜力股，把握波段趋势，实现股市获利并降低风险的目标。买卖决策信号在日、周、月、5、15、30、60分钟7个周期上全面提供买卖点决策支持，短线和中长线操作均适宜。

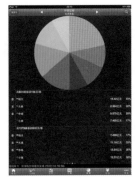
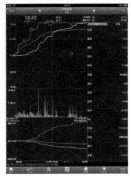

记账猫

语言：中文

参考价格：免费

记账猫是一个功能强大的个人记账程序，可以用它方便地记录各类支出和收入，明晰财务状况。支持管理多个账户，记录生活工作的各类开支，通过应用中的多种图表（月、年、明细），多角度了解收支情况。还可以十分方便地预设资金计划，包括应收和应付的内容。

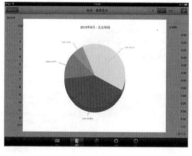

iMoney·全球汇率转换

语言：英文

参考价格：免费

iMoney是一款即时货币汇率计算程序，界面设计精美。提供人民币、美元、欧元、英镑、日元、港币、台币、加拿大元、韩元、澳元等21种常用货币的汇率，支持4种货币同时计算汇率，每小时更新最近汇率数据，提供简易、人性化的操作体验。

工行网上银行

语言：中文

参考价格：**免费**

工商银行专为iPad客户开发的个人网上银行应用程序，提供账户管理、转账汇款、在线缴费、基金买卖、国债交易、外汇交易、贵金属、结售汇等多项银行服务，更全面地满足客户的金融需求。程序风格简洁稳重，界面布局清晰合理，操作流程顺畅便捷，还配备了业界领先的工银电子密码器或口令卡安全产品，为客户提供更好的安全保障。

e动交行 HD

语言：中文

参考价格：**免费**

e动交行 HD是交通银行推出的iPad版网上银行应用程序，为客户提供全面丰富的服务。有查询、转账、基金、证券、外汇、理财等传统的网上银行服务功能，还推出了手机号码转账功能，方便客户不必再记忆转账对象冗长的银行卡号。同时，还提供银行网点查询、机票服务和手机充值服务。

旅游出行

全国公交线路查询系统

语言：中文

参考价格：$3.99 | 免费　　　　⊞iPhone和iPad通用

在偌大或陌生的城市中，如何选择正确的公交线路，快捷地到达目的地？全国公交线路查询系统提供了全国400多个城市的公交线路信息，数据实时更新，可按照线路名称、站名或站站查询，显示最快捷的换乘方式，是乘坐公交出行的好帮手。免费版有广告，不提供换乘查询。

出行伴侣–全国航班列车时刻查询

语言：中文

参考价格：$3.99　　　　　　⊞iPhone和iPad通用

该程序具有查询全国航班和列车的功能，界面简洁，操作方便，可以满足不同人士的需要。主要功能有：实时航班起降时间查询，实时机票价格查询，航班动态短信告知，实时列车到站情况查询，列车乘坐和换乘查询，列车余票及票价查询，航班和列车信息收藏等。列车时刻表支持离线查询。

北京地铁iPad版

语言：中文

参考价格：**免费**

地铁是许多城市居民的主要交通工具，随着经济的发展，地铁线路越来越多，乘客需要一份方便的地铁地图，指导如何抵达目的地。北京地铁iPad版通过独特的算法，遵循最短时间及最少换乘两项准则，帮助乘客规划行程，快速抵达目的地，还能查询路线的首/末班车时间及换乘所需时间。另外还有上海、广州、深圳、香港、台北、高雄等不同城市的版本。

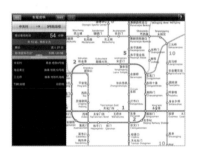

老虎地图

语言：中文

参考价格：**免费**　　　　➕iPhone和iPad通用

iPad内置的地图程序虽然功能强大，但需要在联网的情况下才能使用，出门在外就不太方便了。老虎地图支持离线下载模式，只需要下载所在城市的离线地图数据，无需上网也能查看地图。使用老虎地图，还可以精准地规划出行路线，了解周边的银行、邮局、加油站、饭店、超市等生活信息。

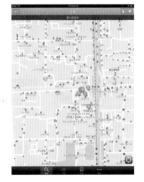

高德导航HD

语言：中文

参考价格：$14.99　　　➕iPhone和iPad通用

高德导航HD具备真实的全景3D地图，存储了限速摄像头等15万个交通安全信息，能设定最便捷、最经济的行车路线，还有非常强大的信息查询功能，将周围的饭馆、酒店、商场、银行、邮局、加油站等信息一网打尽。使用公交地铁换乘查询功能，还可以用作公交向导。借助Wi-Fi+3G版iPad的GPS模块，这款程序将有更好的导航效果。

拉手酒店预定&返利

语言：中文

参考价格：免费

这是一款界面简洁、操作方便的酒店预订程序，可实现全国550个城市，17000多家酒店的查询和预订，可以按区域、价格、酒店类型、关键字等多种方式查询。可定位当前所在位置，通过地图查询最近的酒店。支持离线查看订单信息和已收藏的酒店，成功入住后，还可以获赠拉手网的额外返利。

中国国家地理

语言：中文

参考价格：**免费 | 程序内购买**

　　这是国内最专业的地理科普期刊《中国国家地理》官方授权的电子杂志，独家发布原创的专业文章和精彩图片。该程序提供中国国家地理杂志社旗下的《行天下》、《中国国家地理》、《中华遗产》、《博物》等系列产品，带领读者一起阅古今、行天下、品生活。

摄影旅游杂志

语言：中文

参考价格：**免费**　　　　　⊞iPhone和iPad通用

　　这是一本用专业的态度、独特的视角诠释一种生活方式的杂志。它将摄影大师、旅行玩家、户外探险、汽车旅行和旅行中的吃住玩经验，跨界整合，提供实用旅行攻略、一手摄影指导和详实的旅行摄影地图，使得《摄影旅游》成为一本不俗的杂志。程序内只含有一期杂志的内容，可以通过在App Store中更新程序的方式，免费获得最新一期的杂志。

学习教育

新华字典和汉语词典

语言：中文

参考价格：免费

　　新华字典和汉语词典是日常学习和工作中的重要参考工具，自然也是iPad装机必备的程序之一。进入该程序的字典模块，可以按照拼音、部首、笔划数等多种方式查询文字的准确说明和详实例句；词典模块中含有40万海量词汇，每个词汇都有详尽的拼音注释和词义解释，词典包含简体和繁体，支持离线查询。

有道词典HD

语言：中文

参考价格：免费

　　有道词典HD是一款精致的应用程序，支持中、英、日、韩、法等多语种查词，可实现即时中英文全文翻译。程序内建超大容量本地词库，支持离线英汉或汉英查询，有详尽的网络释义和超过1000万海量例句。支持单词发音，还能查询单词的中文百科，自定义用户单词本。

新概念英语（英美双音）

语言：中文、英文
参考价格：$1.99 　　　📱iPhone和iPad通用

　　《新概念英语》是享誉全球的经典英语教材。在这款应用程序中，学习者可以一边聆听原汁原味的英式或美式英语朗读，一边观看同步显示的课文。程序内有全部四册的学习资料，课文可以按原文或译文方式显示，课文详解提供了生词短语、语法重点等内容。程序还集成了单词查询功能，是提高英语听、说、读、写能力不可或缺的好帮手。

微英语 HD

语言：中文、英文
参考价格：$1.99

　　微英语 HD是一款方便、快捷的英语学习工具，具有符合iPad用户操作习惯的程序界面，有最流行、最地道的英语词汇、句子和文章，有详细的中英文对照，针对词汇和句子提供纯正的美式发音。支持邮件、微博、短信分享，可在程序内使用百度搜索。程序每日向用户推送最新学习资料，在线刷新后即可进行离线学习。

MathBoard

语言：英文

参考价格：$4.99

MathBoard是一款能够激发孩子学习兴趣的应用程序。它内置250道随机测试的数学题，计算范围包括加、减、乘、除、平方、立方、平方根，模拟在黑板上的演算效果，可设定测试倒计时，还会随机生成错误答案以增加测试难度。程序支持VGA输出，可以将iPad的屏幕画面输出给电视或投影仪进行更好的演示。

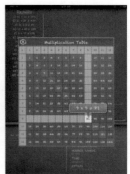

黑板

语言：中文、英文、日文

参考价格：免费

这是一款非常有趣的应用程序，它可以把iPad 变成黑板，以手指作为粉笔在上面写字、绘画，并且能够再现粉笔在黑板上发出的吱嘎声响。程序支持多点触控，可以多人同时在一个iPad上写写画画，还可以通过蓝牙连接的方式，与另外一台iPad共享画面。该程序深受大朋友和小朋友们的喜爱，在App Store中的下载量超过50万次。

唐诗三百首（上、中、下）

语言：中文

参考价格：免费 | $0.99

　　唐代诗歌冠绝古今，是中华文学宝库中最璀璨的明珠。AppleTreeBooks出品的唐诗三百首系列程序精选了脍炙人口的名篇佳作，每首唐诗均使用标准的普通话朗读，并配有精美的插图、浅显易懂的诗文大意和注解。读者也可以自己诵读，领略唐诗的隽永神韵。

儿童折纸大全

语言：中文、英文

参考价格：$1.99　　　　　　➕iPhone和iPad通用

　　小时候折过的纸飞机早已埋藏在记忆深处，现在的很多孩子甚至都没见过折纸的模样。实际上，学习折纸不仅能够开发孩子的智力，还能培养孩子的耐心、想象力和动手能力。儿童折纸大全内含100多个折纸教程，有人物、动物、植物、饰品、交通、日用品等多种分类，并配有折纸的视频教学，是一个不可多得的益智程序。

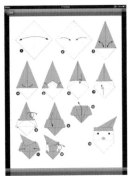

Qwiki

语言：英文

参考价格：免费

这是一个让人彻底心动的应用程序，只需要输入查询的内容，不一会儿，它就能声情并茂地把相关内容的文字介绍、数据表格、地理方位、历史资料、图片、声音、视频等信息，以动画的形式淋漓尽致地展现在眼前，仿佛是进入了一个神奇的百科世界，而且这一切都是免费的。

Star Walk for iPad

语言：中文、英文

参考价格：$4.99

Star Walk是一款神奇的天文学应用程序，它能激发人们探索星空的激情，让夜空不再遥远和神秘。它可以让使用者通过iPad来瞄准天空，借助iPad 2的相机、三轴陀螺仪和重力感应器，在屏幕上显示与星空实景相对应的星座图，并有时间机器、每日天文图画、天文日历和搜索等功能。Star Walk将iPad变成了一个最佳的观星工具。

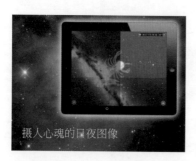

摄人心魂的日夜图像

2010年苹果iPad版设计大奖获得者

网易公开课

语言：中文

参考价格：**免费**　　　　**✚**iPhone和iPad通用

　　iTunes U中的学习资源大部分都是英文版，中国用户学习起来有一定的困难。网易开创了国内有组织地翻译公开课的先河，它以世界名校的公开课为资源，让iPad用户与名校真正零距离接触。它的分类清晰，内容详实，拥有哲学、人文、数理、经济、心理学5大类，两千余集精品课程，大部分课程配有中英文双语字幕。

新浪公开课 HD

语言：中文

参考价格：**免费**

　　现在越来越多的人开始通过iPad观看名校的公开课程，新浪公开课HD就是一个优秀的公开课客户端，它提供了耶鲁、哈佛、斯坦福、牛津等10余所国际一流名校的公开课视频，部分课程配有中文字幕。新浪公开课 HD将众多课程按照学科和院校进行分类整合，并具有快捷搜索、播放记录、翻译进度提示等功能。

经典游戏

Plants vs. Zombies HD

语言：英文
参考价格：**$6.99**

　　Plants vs. Zombies（植物大战僵尸）2009年推出之后，立刻风靡全球，霸占了电脑和手机游戏的头把交椅。游戏中玩家可选择49种不同的植物，任务是阻止可怕的僵尸入侵自己的小屋。僵尸的种类繁多，有些还身怀绝技。因此，采用怎样的策略来对付它们，成为考验玩家脑力和眼力的关键。游戏设置了花园、游泳池、黑夜、屋顶等多个战斗场景，画面精美，益智有趣。游戏的过程环环相扣，从易到难，却不会让人感到有丝毫的压力。即使是第一次玩也不必担心，游戏非常体贴地设计了教学模式，引导玩家逐步上手，最终落入游戏开发商的"圈套"——成为植物大战僵尸的粉丝。借助于多点触控和9.7英寸屏幕的帮助，这款游戏的互动体验在iPad上得到了极佳体现。

Angry Birds HD

语言：中文、英文

参考价格：$4.99 | 程序内购买

　　与植物大战僵尸齐名甚至更流行的游戏，恐怕就只有Angry Birds（愤怒的小鸟）了。网络上有一个笑话：没玩过愤怒的小鸟，都不好意思和别人打招呼。游戏的故事非常简单，一些讨厌的猪偷吃了鸟蛋，小鸟们出于愤怒，决定用身体作为武器打垮猪藏身的堡垒，赶走这些偷蛋的家伙。游戏要求玩家用手指将弹弓上的小鸟发射出去，再通过撞击目标产生多米诺骨牌的效果。因此，必须充分考虑发射的角度和力度，如果没有足够好的"物理学"基础，很难过关斩将。游戏同样是从易到难，通过不断完成各种挑战性的任务，开启进入下一关的大门。游戏的可玩性极强，还推出了免费版、季节版、Rio版等多个版本，免费版的关卡较少。

Fruit Ninja HD

语言：英文

参考价格：$0.99

　　Fruit Ninja HD（水果忍者）是一款简单又过瘾的游戏。在游戏里玩家扮演一位忍者，唯一的任务就是把西瓜、苹果、草莓、猕猴桃……这些美味多汁的水果一刀切碎。水果被切开时果汁飞溅的视觉和音响效果相当逼真。如果不小心砍到了炸弹，就只有Game Over了。游戏支持多点触控，可以用单指、双指甚至多个手指在屏幕上同时切水果，在iPad上可以和朋友一起双打。游戏支持Game Center，还可以和全世界的玩家一决高下。另提供免费试玩版。

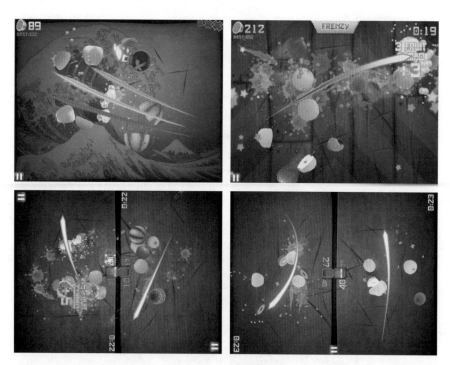

NinJump HD

语言：英文

参考价格：免费

　　这是一款让人欲罢不能的游戏。游戏任务非常简单，玩家控制着一位忍者，必须不断地向上攀登，同时还要身手敏捷地避开松鼠、飞鸟、敌人和各种障碍，连续避开对手发来的3个武器之后将获得保护套，可以在接下来的游戏中所向无敌。游戏画面精美，容易上手。另有NinJump Deluxe HD豪华版，收费$1.99，有更多华丽的场景，还可以和Game Center中的玩家一较高下。

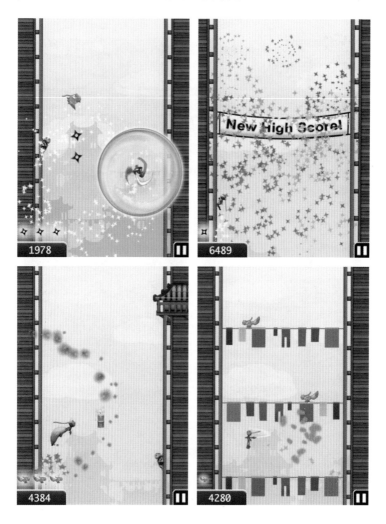

Paper Toss HD Free

语言：英文

参考价格：**免费**

人人都往垃圾桶里扔过纸团，在iPad上练习扔纸团，既不会浪费纸张，又不怕扔不准而被人笑话。这也是一款具有物理学特点的游戏，游戏设计了不同的场景和难度，最有趣的是，玩家需要在电风扇的干扰下向垃圾桶里投掷纸团。每次投掷时电风扇的风力和风向都会变化，要将纸团连续命中垃圾桶可不是件容易的事，如果扔得太偏，还会被旁边的人警告"不要乱扔纸团"。这是一款支持Game Center的游戏，全世界有2600万人都在玩它，简直不可思议。

Touch Hockey Extreme

语言：中文、英文

参考价格：**免费**

Touch Hockey Extreme的官方名称是"点触冰球"，更多的网友喜欢叫它"看谁守得住"。游戏的规则非常简单，参加游戏的双方各持一个手柄，只能在自己的半场内移动，目标是把桌面上的冰球推入对方的大门，同时还要做好防守，防止对手攻破自家的后院。游戏共有9个层级和4种不同的时间长度设定，支持双打也可以选择玩家和电脑对战。通过Wi-Fi或蓝牙连接，可以在两台iPad上开战。这款游戏的动画效果非常流畅，还能锻炼玩家的手眼协调能力。赶快约上朋友来一局，看谁守得住。

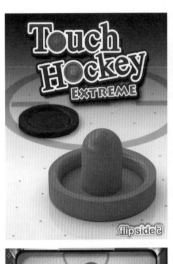

Cut the Rope HD

语言：英文

参考价格：$1.99

玩家收到了快递送来的一个纸盒，打开一看，发现里面居然是一只小怪兽。这可能是有史以来最可爱的怪兽，它唯一的爱好就是吃糖果。游戏的任务就是割断盒子里的绳索，让小怪兽吃到糖果。小家伙会不时地发出哇哇的叫声，让人觉得它倍加可爱。游戏在开始的阶段非常简单，随着不断地过关，道具也会逐渐增加，难度也越来越大，必须要考虑如何割断绳索、点破气泡、绕过障碍，才能顺利通过关卡。

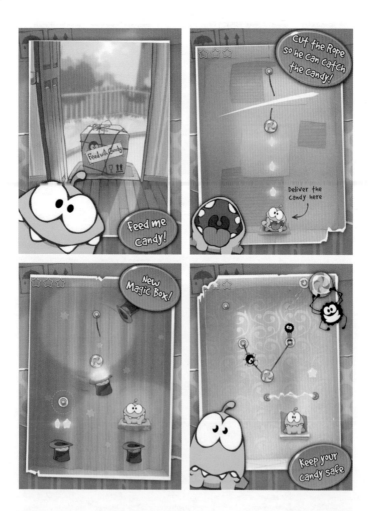

捕鱼达人HD

语言：中文、英文

参考价格：**免费 | 程序内购买**　　　➕iPhone和iPad通用

　　电玩城里火爆的捕鱼游戏在iPad上也能玩了，从一岁到一百岁的玩家都会爱上它。游戏发生在美丽的海底世界，玩家扮演一位渔夫，随时准备着撒网捕鱼，可以捕捉到海龟、小丑鱼、大鲨鱼等十多种不同的海洋生物。捕鱼成功之后，鱼儿们会变成滚滚金币装满船舱，游戏支持双打，支持Game Center，画面唯美，操作简单，一不小心就可能上瘾。游戏推出不到3个月，下载量就突破了600万次，是一款闲暇时用来消磨时间的好游戏。

Flight Control HD

语言：英文

参考价格：$4.99

　　这是一款看似轻松，其实会让人手忙脚乱的益智游戏。玩家扮演着一位空港调度员，任务是指挥来自四面八方的飞机，安全地降落在指定的跑道。游戏开始之后，在美妙的背景音乐和卡通画面的"欺骗"下，玩家很快就会陷入放松状态，只有两三架飞机的时候甚至觉得这个游戏没什么意思。正当玩家掉以轻心的时候，天空中的飞机已经越来越多，刚才还是镇定自若，马上就会手足无措，随后还会听见一声咣当巨响。玩好这款游戏是对玩家组织能力的一项重大考验，下次在机场候机时玩玩这款游戏，或许就不会再抱怨飞机怎么又误点了。

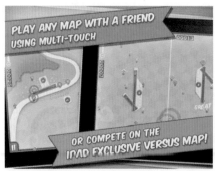

AirAttack HD

语言：英文

参考价格：$0.99 | 程序内购买

　　这是一款制作精良的飞行射击游戏，让人联想起电玩城里经典的《1942》。游戏中玩家驾驶着老式螺旋桨战斗机，与来自空中、水中和地面的敌人进行战斗，一边要躲避枪林弹雨，一边还要努力地还击。飞行中还会遇到装备商店，可以通过购买道具来增强自己的火力。游戏采用了三维场景，支持通过手指、操纵杆和重力感应等多种方式进行操作。特别值得一提的是游戏的音乐，那恢宏的乐曲配合精美的画面，为游戏增色不少，让人以为是在欣赏一部好莱坞的战争大片。

MONOPOLY for iPad

语言：中文、英文

参考价格：$6.99

　　作为棋牌和经营类的经典游戏，《大富翁》从20世纪30年代诞生至今已经有70多年的历史了。从最早的纸质印刷版，发展到电脑单机版，再到后来的在线网络版，形式上已经更新了很多次，但一直经久不衰，深受玩家们的喜爱。MONOPOLY是迄今为止最棒的iPad版大富翁游戏，由世界著名的游戏开发商Electronic Arts（简称EA）出品。游戏可以自行设定玩家数量、游戏难度、游戏环境，可选择与电脑对抗，或者通过Wi-Fi进行多达4个人的多人游戏，也可以通过蓝牙进行两个人的连线游戏。

Smurfs Village

语言：英文

参考价格：免费 | 程序内购买　　　　➕iPhone和iPad通用

　　"在那山的那边海的那边有一群蓝精灵……"，20世纪的80年代，每当这首歌谣响起，电视里的动画片《蓝精灵》就要开始了。Smurfs Village（蓝精灵村庄）是iPad上著名的农场类游戏，玩家不仅能经营可爱的农场，还能重拾童年的美好回忆。游戏中讨厌的格格巫破坏了蓝精灵的村庄，玩家要带领蓝精灵们开辟农田、建造房屋、修剪花园、收割粮食和制作美食。为了加快游戏的进度，还可以购买各种魔法药水，不过这些魔法药水的价格可不便宜。

Real Racing 2 HD

语言：英文

参考价格：$9.99

　　Real Racing 2 HD是一款非常刺激的赛车游戏，它颠覆了玩家以往对赛车游戏的看法。借助于iPad 2的重力感应器和三轴陀螺仪，玩家手握iPad控制游戏中的赛车，就如同手握方向盘驾驶真正的赛车一样，配合逼真的3D视觉效果，给人以身临其境的感觉。游戏支持1080P的视频输出，只需将iPad通过Apple Digital AV转接器与高清电视相连，或者通过Apple TV的AirPlay无线播放功能，就能在大屏幕上欣赏充满视觉冲击的3D赛车游戏，体验前所未有的震撼和刺激。

Need for Speed Shift for iPad

语言：中文、英文
参考价格：$9.99

　　Need for Speed（极品飞车）系列游戏是EA公司的经典之作，一直是电脑赛车游戏中的佼佼者。Need for Speed：Shift（极品飞车：变速）是该系列游戏的第13代，推出之后就大受好评。现在EA公司将它移植到iOS平台，让更多的iPad玩家可以重温这款经典游戏。游戏拥有28辆全球顶级的赛车，玩家可驰骋在18条令人振奋的标准国际赛道上，体会引擎的咆哮、轮胎的振鸣和碰撞的激烈。游戏可支持通过Wi-Fi或蓝牙联机比赛，玩家需要做的就是加速、加速、再加速。

地牢猎手 2 HD

语言：中文、英文
参考价格：$6.99

作为动作类RPG游戏的典范之作，配有史诗般动人音乐的地牢猎手2与上一代相比，拥有更广阔的地图、更华丽的画面、更强大的魔法和更加个性的武器装备。玩家扮演一位王子，在王兄挑起的战争中幸免于难，成功逃离地牢后，踏上了一段拯救王国的艰辛之旅。游戏独有的多人模式，让玩家尽享团队合作的乐趣，可支持多达4人共同历险。通过Wi-Fi或蓝牙连接即可实现联机作战，也可在Game Center中寻找队友，迎战更强大的敌人，提升世界排名。

Infinity Blade

语言：中文、英文

参考价格：**$5.99** | 程序内购买　　　➕iPhone和iPad通用

　　作为20多次"年度游戏"与"顶级应用程序"的大奖得主，Infinity Blade（无尽之剑）在App Store发售不到一天，就拥有了超过10万个玩家。作为一款剑术动作游戏，它采用了先进的Unreal Engine（虚幻引擎）技术，制作出壮观的3D人物形象和画面场景，生动地描述了一名孤胆骑士奋勇杀敌，拯救文明的故事。玩家可通过战斗升级或在程序内购买金币获得装备。另外，经过不同的战斗会得到不同的游戏结局。游戏支持Game Center，设有成就列表和英雄榜，通过Game Center游戏中心可以向朋友发出挑战。

N.O.V.A.2 近地联盟先遣队HD

语言：中文、英文

参考价格：$6.99 | 程序内购买

  N.O.V.A.2 近地联盟先遣队HD是一款第一人称的科幻类射击游戏。玩家可以驾驶巨型机械，使用突击步枪、火箭发射器、外星等离子枪等十多种威力强大的武器，与具有强大人工智能的敌人在12个关卡中展开殊死搏斗。游戏针对iPad 2进行了优化，具有令人震惊的视听效果，打开陀螺仪选项之后，玩家的身体也要随着游戏进行360°的旋转，才能干掉来自四面八方的敌人。随着游戏的深入，敌人也会变得越来越聪明，使游戏更加扣人心弦。通过Wi-Fi或蓝牙连接，游戏可支持最多10名玩家联机战斗。

现代战争2：黑色飞马 HD

语言：中文、英文

参考价格：$6.99 | 程序内购买

　　这是一款堪称典范的第一人称射击类游戏。玩家扮演的角色将投身中东、东欧和南美的12大战场，与未知的敌人进行战斗。游戏配备15种真实的武器，支持最多10人同时在线对抗，有对战、团队、夺旗、拆弹等多种战斗模式。游戏有流畅的触摸式和虚拟摇杆式操控系统，使武器操控更加精准。配合反应系统（QTE），以及爆头感应系统，使游戏战斗更加紧张激烈，令人目不暇接。中弹或遭受其他伤害时画面会产生模糊效果，武器上展现动态光影，一切都营造出真实的战争体验。

FIFA 11 by EA SPORTS for iPad

语言：中文、英文
参考价格：$9.99

这是著名的FIFA足球游戏的第11个版本，是App Store里好评无数的足球游戏。玩家将带领卡卡、梅西、C罗等超级球星驰骋绿茵场，与来自世界各地的500支球队在35个真实的球场中一决胜负。游戏的操控方式简单而又精确，通过滑动屏幕控制球员跑位、突分、射门、罚点球等。高清的画质让每一个细节都栩栩如生，亮丽活泼的球队色彩、鲜艳的青翠草地，为玩家捕捉足球的激情与力量。游戏针对iPad 2进行了优化，增加了本地多人游戏模式。通过Wi-Fi或蓝牙连接，还能同iPad、iPhone或iPod touch上的好友进行对战。

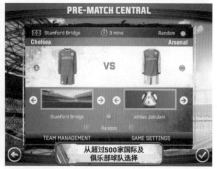

World Cup Table Tennis HD

语言：中文、英文

参考价格：免费 | 程序内购买

你是乒乓高手吗？你的弧旋球无人能接吗？你能打遍天下无敌手吗？如果回答：Yes，那么World Cup Table Tennis HD就是为你准备的。这款游戏画面精美、音效逼真，让玩家在iPad上也能体会夺取乒乓球世界冠军的激动，非常令人上瘾。游戏共有4个模式：职业生涯、锦标赛、积分模式以及多人游戏。免费版中只有锦标赛模式，游戏过程中有广告出现。在程序中花费1.99美元即可升级至完整版。游戏支持Game Center，可与世界各地的玩家一试高下。

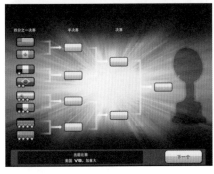

三国塔防–蜀传 HD

语言：中文

参考价格：**$3.99** | 免费

　　这是一个以三国为背景的塔防游戏，它突破了传统塔防游戏中僵尸和枪炮的题材，融合了中国的三国文化。游戏中，刘备率领五虎上将粉墨登场，拥有刀、枪、锤、术、弓等多种攻击方式的15个兵种，经历几十场经典的战役，获得赤兔马、偃月刀、方天戟等丰富装备，最终成就英雄霸业。游戏设置了丰富的关卡，独具匠心地加入了武将系统，还兼顾了RPG游戏的收集、升级等元素。游戏的界面设计精美，Q版卡通画面充满了中国元素，人物战斗力升级模式也非常有创意，是一款国产精品游戏。

特点鲜明的战斗单位与武将，以及数十种强力装备/道具

纯正的中式题材带给您精彩的游戏体验

风格多样的战役战场带您回到波澜壮阔的三国时代

在统一全国的征程中回顾荡气回肠的英雄史诗

三国群殴传——群雄逐鹿 HD

语言：中文

参考价格：$3.99

　　这是一款好评无数的国产塔防游戏，以三国历史为背景，结合2D画面的表现手法，滑稽的人物造型，配合中国古风的音乐，在幽默的氛围展开激烈的战斗。游戏包含6大场景，共计24关。玩家需要利用招魂术、大刀、射箭、火炮等不同的组合进行排兵布阵，并及时对战斗人物进行升级，以提高防守效能。不同的防守单位，会有不同的攻击表现效果，刘备及手下的大将有很高的威力，刀光剑影、万箭齐发，能瞬间消灭进攻的敌人，战斗场面非常壮观。玩家还可通过新浪微博分享"群殴"战绩。

QQ中国象棋 HD

语言：中文

参考价格：**免费**

　　腾讯公司出品的QQ中国象棋HD是一款风格清新、有趣耐玩的棋牌类游戏。它有水墨风格的背景画面、古朴幽雅的背景音乐、精致的棋盘棋子和绚丽的走棋方式，让人完全沉浸在中国象棋的乐趣中。游戏可选择联网和单机两种方式。在联网游戏中，玩家可通过QQ账户的身份，与互联网上的其他玩家一争高下，游戏还具有聊天和发送表情等功能。在单机游戏中，玩家可与电脑对战，共有初级、中级、高级和特级4个难度级别。可不要小看电脑，它的人工智能程度非常高，即便选择初级难度，玩家也未必是它的对手。

QQ斗地主 HD

语言：中文

参考价格：**免费**

　　腾讯公司的这款斗地主游戏，可能是iPad上最华丽的斗地主游戏。它有漂亮的界面、精彩的动画和悦耳的音效，还能用方言"说"出聊天信息。它还具有新手提示、智能选牌、拖动出牌等功能。支持联网和单机两种游戏方式。在联网游戏中，玩家需要登录QQ账户，才能与互联网上的其他玩家一起斗地主。如果玩家中途有事需要暂时离开，可以轻按机器人图标，电脑将会托管游戏，自动替玩家出牌。如果玩家"武艺不精"，建议先到单机模式中，与电脑大战三百回合，待战斗力提升之后，再回到联网游戏中厮杀。

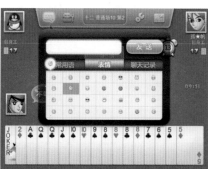

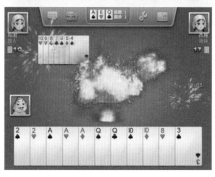

麻将茶馆 HD

语言：中文

参考价格：$5.99 | 免费 | 程序内购买　　**⊞** iPhone和iPad通用

　　这款麻将游戏以北方点炮、包庄、无混儿和翻混儿规则为基础，玩家可以另行更改胡牌规则和每局输赢茶币的数量，也可以定义自己和对手的说话方言，包括北京话、东北话、天津话、四川话、上海话，甚至还有英语。玩家赢得胜利后会增加茶币、提升级别，也可以在程序内购买茶币。免费版只能和电脑打牌，不过也别小看电脑，想赢它还是有难度的。完整版支持Game Center，支持通过Wi-Fi或蓝牙连接进行多人对战。

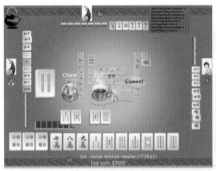

Snooker Club

语言：英文

参考价格：免费 | 程序内购买　　　　＋iPhone和iPad通用

　　看了丁俊晖在世界大赛中的精彩表现，时常有一种想打台球的冲动。Snooker Club是iPad上独一无二的斯诺克俱乐部，它具有细腻的高清图像、真实的物理属性、高深的人工智能和简洁的触控方式。游戏如同电视转播一般，会自动切换全三维的多角度视图，可精确地调整母球方向，选择击球点和击球力度。可选择单人或双人对战，也可以在Game Center中同全世界的斯诺克高手比试。玩家通过战胜对手赢得游戏积分，另外也可以在程序中购买积分。

我爱填字 HD

语言：中文

参考价格：**免费｜程序内购买**

这是一款适合与朋友一起玩的字谜游戏。以前这类游戏大多是英文的，我爱填字HD完全支持中文。游戏的过程就像考试一样，玩家需要在指定的格子内根据问题填写正确答案。遇到难题时，选择屏幕上方的提示能获得帮助。普通提示会随机显示空白处的答案，超级提示能够显示玩家指定空白处的答案。提示的次数有限，而且会影响最后的成绩。超级提示包和去除广告功能需要在游戏中另外购买。我爱填字HD的界面童趣十足，游戏规则简单，玩家还能在游戏中增长知识，是一款有趣的休闲益智游戏。

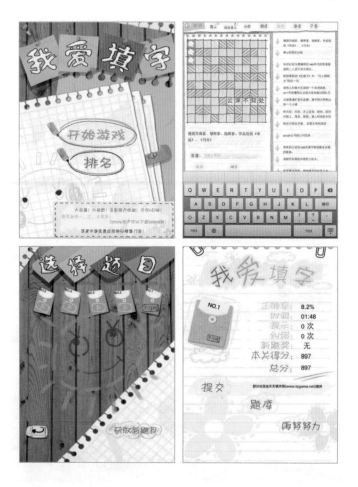

梦幻连连看2 HD

语言：中文、英文

参考价格：**免费 | 程序内购买**　　　　　　➕iPhone和iPad通用

　　这是大受欢迎的梦幻连连看的升级版，包含经典模式、时间模式、无限模式和对战模式。它有9种独特的图标自动移动系统，能够让玩家感受全新的连连看玩法。新增连击系统，玩家要利用快速的反应来争取更多的连击奖励，反转局势。游戏中有多种工具，调用放大镜时，系统会提示哪些图标可以消除；使用炸弹可将周围的图标通通消除；使用重排工具重新调整图标位置，可以获得更多机会；使用更换图标工具，图标会变成另外一套简洁的卡通图案，帮助玩家完成游戏。这款游戏画面华丽、速度流畅、难度适当，配有漂亮的字体、Q版的图标和轻松的音效，让人爱不释手。

TETRIS for iPad

语言：英文

参考价格：$4.99

这是EA公司出品的一款精致华丽的俄罗斯方块游戏。俄罗斯方块原本是前苏联科学家阿列克谢·帕基特诺夫在1984年利用空闲时间编写的游戏程序，后来成为风靡世界的电脑游戏。据说游戏的作者最喜欢网球（Tennis）运动，于是，他把来源于希腊语的tetra（意为"四"）与其结合，创造了"Tetris"一词，即英语中的俄罗斯方块。EA出品的这款游戏，能够让玩家感受到不同于以往的俄罗斯方块游戏。它具有艳丽的高清图像、全新的方向控制和更多的游戏玩法。游戏的音乐也很有特点，除了经典的俄罗斯音乐和现代的电子音乐，玩家还可以在游戏中播放iPod资料库中的音乐。

Bubble Shooter HD

语言：英文

参考价格：$0.99 | 免费

　　这是一款经典的泡泡龙游戏，玩家需要用手指控制泡泡的发射，相同颜色的3个泡泡碰撞在一起就可以消除。屏幕上方的泡泡会不断向下挤压，玩家要用最快的时间消灭泡泡赢取更多分数。玩家可射击墙壁，利用泡泡的反弹消除位于顶端的泡泡。消除画面内所有的泡泡之后，即可进入下一关。游戏有ARCADE（游乐场）、PUZZLE（解谜）和CLASSIS（经典）3种模式，难度各不相同。Bubble Shooter HD内容经典，操作简单，音乐和音效轻松可爱，适合于各个年龄层的玩家。免费版中有广告出现。

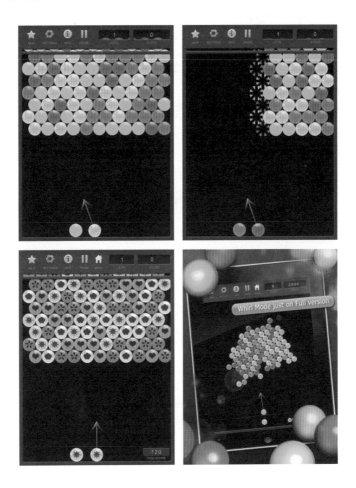

第6章 iPad周边配件精选

网友之间流传着一句话：单反穷三代，苹果毁一生。仅仅买下一台iPad是不够的，想把iPad变得更好用、更好玩，除了买软件，还需要置办各种硬件。不过要小心，如果把这些周边配件都买下来，价格将远远超过iPad。玩家如果从Buy家变成败家可就不好了。

保护类

Power Support防眩光贴膜

参考价格：198元

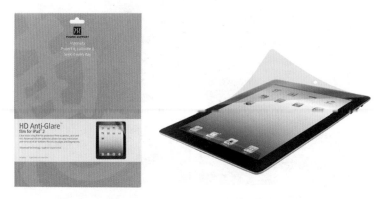

屏幕保护膜的作用，除了防止屏幕划伤，还能够减少屏幕上的指纹和油污，属于iPad的基本装备。Power Support是唯一进入Apple Store零售店销售的保护膜品牌，质量上乘，相比许多低端的保护膜，Power Support在手感、耐用性和透光性上都要高出一筹，采用静电吸附方式进行粘贴，移除之后不留丝毫痕迹。价格不低但物有所值，购买时要注意区分型号，iPad和iPad 2的保护膜不通用。

提示：常见的iPad屏幕保护膜有4种，透明、磨砂、镜面和防窥。透明膜的透光度最好，屏幕显示效果也最清晰，但不能防眩光，防指纹和油污的能力也较差；磨砂膜的防指纹和油污能力最强，而且能够有效防止眩光，但是在近距离观看屏幕时，会有细微的颗粒感；镜面膜的效果类似于透明膜，唯一不同的是，在iPad屏幕关闭时，镜面膜就变成了一面"镜子"；防窥膜是一种特殊的保护膜，只能从屏幕正面某一个角度范围内看到屏幕的内容，超过这个角度屏幕就变成漆黑一片，适合于需要保护隐私的场合。

Smart Cover保护套

参考价格：298元、548元

  这是苹果官方出品的iPad 2专用保护套。iPad 2的产品发布会上，Smart Cover一出场便震惊四座，博得满场喝彩。许多玩家购买iPad 2的同时，顺便就会买下它。

  苹果的网站上是这样介绍Smart Cover的：不只是一个保护套，Smart Cover是与 iPad 2 一同被设计出来的，并与它完美契合。轻薄耐用的封套，以磁性方式对齐，契合得恰到好处。它会自动唤醒你的iPad并让它休眠。它还是一个方便的支架，可以用来阅读、欣赏和输入。它的微纤维面料，让你的 iPad 屏幕保持清洁。它让你的 iPad 外观个性十足，内部隐私也密不透风。

  Smart Cover共有10种颜色，聚氨酯材质的售价298元，皮革材质的售价548元。

Power Support Air Jacket透明保护壳

参考价格：268元

    Power Support出品的iPad保护壳，采用了一种特殊的高质聚碳酸酯材料，超薄透明，质感十足，能够防止iPad背面的铝合金机身被划伤，同时附带一张Power Support防眩光贴膜，性价比十足。Power Support独有的刮痕自体修复漆兼具高硬度和高韧性，其独特的分子结构，能够在自然的环境下发挥弹性，并以自体修复的方式消除细微刮痕。购买时要注意区分型号，iPad和iPad 2的保护壳不通用。

Moshi Muse保护套

参考价格：160元

    Moshi是一个著名的苹果周边配件品牌，Moshi Muse保护套类似于笔记本电脑的内胆包，外出时将iPad装入其中，方便携带的同时还能提供有效的保护。

    Moshi Muse保护套由超细纤维制成，触感近似麂皮但更为柔软，内衬的超细纤维材料，在取放iPad的同时也能去除机身上的油污脏渍。保护套开口采用无拉链无搭扣的磁贴设计，同样被超细纤维所包裹，不用担心造成iPad的损伤。特有的防倾倒设计，原理是将保护套开口的位置安排在侧面，放入iPad后上下机身都能卡住，即使翻转、倒置，甚至磁贴松开，iPad也不会滑出。贴心的外袋设计，可方便地携带充电器、耳机和线材等配件。

    这款保护套共有4种颜色：苍鹰灰、泰尔紫、禅黑和撒哈拉棕，美观大方，裁剪精良，用料考究，设计独具匠心，iPad和iPad 2皆适用。

iKlear清洁套装

参考价格：178～268元

　　iPad脏了怎么办，用抹布还是用湿纸巾擦？可以用洗洁精吗？答案是都不要。普通的抹布不仅不够卫生，而且十分粗糙，普通的湿纸巾和清洁剂含有酒精等化学制剂，会破坏iPad表面的特殊涂层。苹果官方推荐使用柔软的无绒布，以及不含酒精和氨的清洁剂来清洁iPad。

　　iKlear是Apple Store零售店专用的清洁产品，不含酒精、氨和十二烷基硫酸钠，环保无毒而且防静电，能够完美地清洁、保护和保养iPod、iPhone、iPad、iMac、MacBook等任意一款苹果产品，也适用于高清电视、LCD显示器、数码相机的清洁。

　　iKlear清洁套装中包括美国原产的iKlear喷雾式清洁剂、旅行装湿巾、超细纤维布、防菌纤维布和超细麂皮布，可以全面地清洁苹果产品的屏幕及机身。根据清洁剂容量的多少，iKlear清洁套装有不同的包装和价格组合。以平均每周清洁一次iPad计算，一瓶60毫升的iKlear清洁剂可以使用一年多。

提示：不要把清洁剂直接喷到iPad上，应先将清洁剂喷在纤维布上，然后再用纤维布擦拭iPad。

支架类

Twelve South Compass便携式支架

参考价格：338元

　　Twelve South是一家专为苹果系列产品打造配件的国际著名厂商，它的产品风格与苹果的设计相当搭配，保有苹果一贯的设计感。Compass在英语中有圆规的意思，这款支架的设计灵感正是来源于此。作为一款便于携带的可折叠钢制支架，体积不大却份量十足，可以用两种不同的方式支撑iPad。它可像画架一样摆放 iPad，便于纵向或横向观看视频。拉下辅助脚架后，Compass可将iPad固定在最佳角度，方便在屏幕键盘上打字。Compass还附有专用的旅行随携袋，可以把支架装起来带走，外出照样可以轻松立起iPad来用。这款支架iPad和iPad 2皆可适用。

LUXA2 H4可旋转多角度支架

参考价格：368元

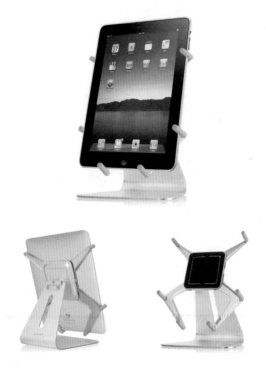

　　LUXA2出品的H4可旋转多角度支架，采用铝合金作为整体支架的主要材质，辅以表面喷砂涂装处理，与iPad相当搭配。底座设计类似于苹果的iMac电脑，底层配有防滑橡胶，整体重量不轻，放置在桌面上相当稳固。这款支架最大的特点是支点位置可调并能多角度旋转。支撑座上有6个可动式支点，中心部位采用防滑设计，支点使用了橡胶柱来增加摩擦力。与底座连接处的单转轴设计，提供了360度的旋转能力，独到的静音耐用设计，在长时间使用后，依然可以提供足够的支撑力，旋转时也不会发出刺耳的声音。

　　上一款Twelve South Compass支架便于携带，而LUXA2 H4支架则适合于家庭和办公室使用，将iPad轻轻放在上面，调好角度，就能够真正地解放双手。这款支架不仅适合于iPad和iPad 2，其他的电子书阅读器也能使用。

iKlip麦克风支架

参考价格: 480元

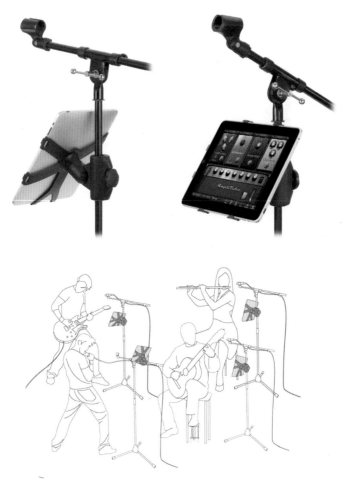

　　这款支架是由著名音频厂商IK Multimedia专为音乐人士打造的。它可以把iPad以各种角度固定在麦克风支架上，不管是用来播放题词、观看讲稿或者显示乐谱都相当方便。把乐谱做成电子书存放在iPad上，不论多么昏暗的舞台都能看得清楚，而且再也不怕风把乐谱吹乱了。

输入类

Apple无线键盘

参考价格：548元

　　iPad的虚拟键盘并不适合于大量的文字输入。如果玩家需要经常处理文字工作，或者喜欢用iPad上网聊天，配备一个无线键盘，可以极大地提高打字速度。

　　苹果有两款无线键盘，其中一款是iPad专用的，带有Dock基座，可以将iPad直接插在键盘上充电。但也正因为如此，造成了这款键盘的局限性，iPad插上之后无法横放。另一款无线键盘则同时兼容Mac电脑和iPad，性价比更高。苹果无线键盘通过蓝牙技术与设备进行连接，可以在30英尺（约9.144米）范围内任意移动键盘，无线输入文字，超薄、紧凑的设计可节省更多的桌面空间。配合可旋转的iPad支架，真正做到了"无线无挂"。

OZAKI iStroke两用触控笔

参考价格：199元

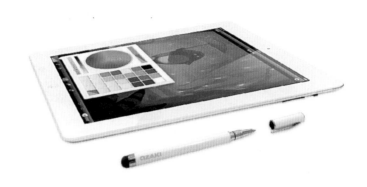

给iPad用的笔？！没错，这正是iPad专用的触控笔。虽然乔布斯说手指是最好的笔，但手指总有累的时候。如果需要长时间在iPad上作画，或者不想在屏幕上留下难看的指纹，触控笔就是代替手指的最好选择。

由于iPad使用了电容式触摸屏，普通的笔在屏幕上是不起作用的。市面上也有售价10元左右的低端触控笔，不过采用的是廉价材料，只有将笔和屏幕保持90度垂直的时候才能使用。OZAKI出品的这款名为iStroke的触控笔，共有6种颜色，采用双笔头设计，橡胶端使用了特殊的导电材料，可在iPad屏幕上以自然的角度倾斜进行书写和绘画。另一头则为普通的圆珠笔，需要书写记事的时候就可以派上用场。笔管部分以金属材质制成，配合烤漆工艺颇具质感，同时笔盖上有笔夹设计，携带也相当方便。

Just Mobile AluPen触控笔

参考价格：168元

　　AluPen是丹麦著名设计团队Tools Design的作品，Just Mobile是他们的产品品牌。Tools Design由著名工业设计师Claus Jensen和Henrik Holbaek领军，其作品屡获国际设计大奖，AluPen也不负众望地拿下2010年美国Spark Awards的银奖。

　　这款触控笔共有6种颜色，笔管以全铝材质打造，六角形的设计有如铅笔一般可爱，整体重量比iStroke触控笔稍重一些，但在使用时不会感觉太费力，稍粗的笔杆拥有更好的掌控感。笔头的材料与iStroke触控笔一样，在iPad上可以用自然的角度进行触控，不必和屏幕保持90度直角，柔软的笔尖不会有任何迟滞感，非常适合用来写字和绘画。

Wacom Bamboo Stylus触控笔

参考价格：230元

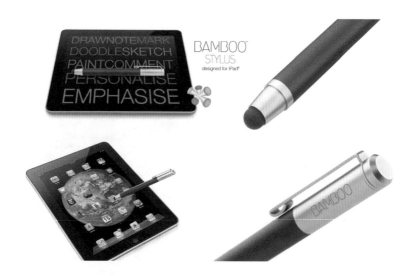

　　Wacom（和冠）是世界领先的数位板和压感笔制造商，在数字艺术领域享有极高的声誉。Bamboo Stylus是Wacom推出的首款专用于电容触摸屏设备的触控笔。为了配合Bamboo Stylus的推广，Wacom还专门开发了一款名为Bamboo Paper的iPad应用程序，可以将iPad当作一台虚拟的笔记本电脑来使用。

　　Bamboo Stylus拥有一流的造型设计和完美的用户体验。优雅的黑色与银色搭配，与iPad交相辉映。由高品质金属涂层制成的笔身坚固耐用，并拥有丝绸般光滑的金属质感。稳固及可移除的笔夹，可以夹住书本或安置于口袋中。符合人体工程学的设计以及适中的重量，带来舒适的使用感受。笔头采用了可更换的设计，更细的笔尖提供更加精准的触控，让书写和绘画自然流畅。需要说明的是，与电脑的数位板压感笔不同，目前所有的iPad触控笔都没有压感功能。

Nomad Brush电容绘画笔

参考价格：328元

　　这支笔与市面上其他的触控笔最大的不同是：它真的就是一支画笔。Nomad Brush的发明者拥有科学家的头脑、艺术家的心灵和企业家的眼光。每支Nomad Brush绘画笔都采用纯手工制作，笔刷的材料是天然毛与电容纤维的混合体，笔杆为木质，长度为7.5英寸（约19.05厘米），艺术气息与手感俱佳。使用这支笔配合ArtRage、Auryn Ink、Zen Brush、Procreate等iPad应用程序，犹如手握一支真正的画笔在画布上抒情，能够让使用者随心所欲地发挥，完全摆脱手指在屏幕上绘画的桎梏，从而将艺术家的天赋在iPad上发挥得淋漓尽致。特别提醒，不要让Nomad Brush蘸上了颜料或墨水，否则它将永远地化身为一支普通的画笔了。

Agloves触摸屏专用手套

参考价格：280元

　　触摸屏的设备越来越受欢迎，但是冬天戴上手套就无法触控iPad了。iPad的电容触摸屏是通过手指传导人体的生物电来工作的，而普通的手套在手指和屏幕之间形成了绝缘层，阻挡了生物电的流通，触摸屏因此就无法工作了。

　　Agloves可不是普通的手套，它是一款蕴含了智慧与人性的触摸屏专用手套。Agloves通过科技的手段把金属银混入到手套的纤维材料中，既有良好的保暖作用，又具备导电的特性。Agloves具有S、M、L、XL等不同尺码，男女通用，而且可以水洗，支持多点触控，完美兼容iPad、iPhone和iPod touch，气温在零下时也可使用，适合所有曾经在寒冬腊月里拿不出手的玩家。

Apple iPad 相机连接套件

参考价格：219元

　　使用苹果官方出品的iPad相机连接套件，可以用两种方式从数码相机导入照片和视频：一种是用相机的 USB 线缆，另一种是直接从SD卡导入。iPad 及相机连接套件支持标准照片格式（包括JPEG和RAW）以及SD和HD视频格式（包括H.264和MPEG-4）。

　　对于爱好摄影的iPad玩家，这款产品无疑是必备的。无论走到哪里、拍到哪里，它都能够轻而易举地将照片和视频从数码相机下载到iPad，这样便可以在炫美的iPad显示屏上观看，与家人和朋友共同分享。

输出类

Apple VGA转接器

参考价格：219元

　　使用这款苹果出品的VGA转接器，可以将iPad屏幕上的内容输出到投影仪、带VGA接口的显示器或电视机。从此可以抛开电脑，只需带着iPad和VGA转接器，接上投影仪就能在更大的屏幕上展示幻灯片了。

Apple Digital AV转接器

参考价格：298元

　　苹果出品的Digital AV转接器，可以将iPad屏幕上的画面，输出给带有HDMI接口的高清电视或投影仪，支持音频播放，支持iPad纵向和横向显示，最高支持1080P的高清分辨率（播放影片最高支持720P）。

　　使用时只要将转接器的一端接入iPad的30针接口，另一端接入HDMI线缆，再将线缆接入高清电视或投影仪即可，即插即用，不需要做任何设置。转接器的另一个30针接口可连接USB线缆，能够为iPad充电和同步，所以不用担心iPad会在演示或视频播放中途没电了。

HP Photosmart B110a无线彩色一体机

参考价格：799元

　　这是目前市面上支持苹果AirPrint无线打印的、最便宜的一款彩色一体机，打印、复印、扫描样样精通，采用四色独立墨盒，使用成本更低。将支持AirPrint的打印机与iPad置于同一个Wi-Fi网络中，不必安装驱动程序，也无须连接线缆，iPad能够自动找到打印机。只需轻点几下，就能将iPad中的邮件、照片、网页和文档打印出来。整个过程极为简便、快捷，打印全部在后台进行，因此无需等待。打印开始后，可以接着翻阅照片、上网，或继续之前的任何操作。

　　有了AirPrint，每一次打印都无"线"洒脱。

音乐类

Monster Beats by Dr. Dre Tour ControlTalk入耳式耳机

参考价格：1689元

　　Monster（魔声）是世界顶级音响发烧线材品牌，被发烧友亲切地称为怪兽。Beats是Monster的一个耳机系列，该系列耳机由Monster与格莱美音乐奖获得者、著名音乐艺术家Dr. Dre共同研发，因此又名Beats by Dr. Dre。Tour是这款耳机的名称，ControlTalk表示可以直接通过耳机线控来遥控iPad和iPhone的音乐播放、音量调整和曲目切换，同时还具有录音及免提通话功能。除了带来完美的音质，这款耳机的另一个特点是采用了绝对不会缠绕的Monster发烧级扁平耳机线，因此也被称为"面条怪兽"。

提示：入耳式耳机通常配有多种大小的隔音耳塞，选出佩戴最合适的耳塞，不仅能隔绝噪音，还可以阻止声音的外泄，从而在耳塞和耳朵之间形成一个密闭的空间，即使在嘈杂的环境中也能如同在家里一样享受完美的音乐。

Monster Beats by Dr. Dre Studio头戴式耳机

参考价格：2948元

　　如果不习惯入耳式的耳机，传统的头戴式耳机将是不错的选择。作为Monster Beats by Dr. Dre系列的经典款，Studio带来比Tour更加震撼的效果。它可以展现当今数字音乐的所有音响细节，包括在音速方面有极高要求的摇滚、流行、嘻哈和R&B音乐。凭借先进的扬声器设计、功率放大及主动降噪功能，Studio可以演绎当今顶级音乐家和制作人想要表现的强劲、通透音色和重低音，能够让听者完全按照音乐家演绎的方式体验音乐。

　　姚明、科比·布莱恩特、迈克尔·菲尔普斯、贾斯汀·比伯、Lady Gaga都是Monster耳机的拥趸。2008年北京奥运会，美国男子篮球队（梦八队）的球员集体佩戴着Monster Beats by Dr. Dre Studio耳机走出机场，这本身就是对Monster耳机最好的宣传。

Sennheiser MM 100蓝牙立体声无线耳机

参考价格：1099元

　　如果渴望无拘无束地享受音乐，蓝牙无线立体声耳机就是iPad最好的伙伴。Sennheiser（森海塞尔）是世界著名的音频设备品牌，尤其以耳机最为出名。它与AKG（爱科技）、Beyerdynamic（拜亚动力）、Grado（歌德）并称世界四大耳机品牌。发烧友是这样形容它们的：如果说森海塞尔像雍容华贵的牡丹，爱科技就是空谷独芳的幽兰，拜亚动力是出淤泥而不染的荷花，歌德则是热情奔放的郁金香。

　　MM 100作为Sennheiser一款入门级的蓝牙立体声无线耳机，依然保持着非凡脱俗的品质。开放式的声学构造，提供了宽广的动态范围，声音重放细腻自然。舒适的颈带设计轻巧体贴，是运动或外出时的理想选择。蓝牙无线解决方案，让音乐不再受到线缆的约束。隐形的话筒，可以进行清晰的录音和通话，完全兼容iPad、iPhone和iPod touch。

B&W Zeppelin Air无线音箱

参考价格：5600元

　　B&W是世界顶级音响品牌Bowers & Wilkins的缩写。这款造型奇特的音箱，有一个生动形象的中文名字：齐柏林飞艇。Zeppelin Air系出名门，蜚声国际，令人惊叹的机身与其组件的外形相切合，正是iPad翘首以待的高保真音箱。它采用的驱动单元技术和设计原理精湛非凡，是造就Bowers & Wilkins最先进的参考级标准音箱的完美之选。

　　这一蕴含尖端声学技术的完美产品，能够通过Wi-Fi网络，以无线的方式播放iPad、iPhone、iPod touch和电脑中的音乐。为使无线音响效果堪比有线音响，Zeppelin Air采用了苹果的AirPlay技术。AirPlay能以Apple无损格式实现流传输，这意味着Zeppelin Air播出的音效丝毫无损。每一个节奏的敲击，每一次琴弦的拨动，以及人声的每一微妙之处，丝丝入耳，至臻至美。

　　听，你的音乐正在空气中传播。

IPEVO Tubular蓝牙立体声无线音箱

参考价格：498元

　　Zeppelin Air虽好，但是不便携带，只能放在家里欣赏。这款IPEVO出品的Tubular蓝牙立体声无线音箱，正好解决了无线和便携两个问题。与AirPlay技术不同，Tubular使用的是蓝牙技术，意味着不需要Wi-Fi网络，它也能够与iPad无线连接。Tubular内置可充电的锂电池，可连续播放6至8小时。它的重量只有270克，造型小巧，携带方便，适合于iPad玩家出游时欣赏音乐。

AKAI SynthStation键盘

参考价格：2499元

　　这是AKAI（雅佳）专为iPad设计的一款49键全尺寸合成器键盘，配合App Store中的专用合成器应用程序SynthStation，即可开始进行音乐创作。这款键盘配备了MPC鼓垫、走带控制器、音高/调变转轮、录音/编曲软件控制按钮，内建6.3毫米标准接头的立体声输出，并支持硬件MIDI，与电脑连接时它还能作为普通的USB MIDI控制器使用。

Numark iDJ Live控制器

参考价格：1680元

iPad + djay应用程序 + iDJ Live控制器 = 最酷的DJ打碟装备。

首先介绍一下售价19.99美元的djay for iPad，这款应用程序是WWDC 2011苹果设计奖的获奖作品，支持直接访问iPad的音乐资料库，支持音乐的多任务播放、AirPlay、自由变速，可以自动混音、录音，让每个人都有机会圆一把做DJ的梦想。如果不满足于djay虚拟的唱机转盘，再配上一台iDJ Live控制器，两个真实的大转盘，绝对搓得过瘾。

提示：WWDC的英文全称是Worldwide Developers Conference，是苹果公司一年一度的全球开发者大会。苹果公司每年都会在WWDC期间颁发Apple Design Award苹果设计奖，用以表彰那些品质优秀的、创造杰出用户体验的第三方应用软件。

iRig吉他效果器接口

参考价格: 238元

　　iRig是著名音频厂商IK Multimedia推出的一款支持iPad、iPhone和iPod touch的电吉他效果器接口，完美支持苹果公司著名的音乐制作软件GarageBand。使用它可以免去实体的音箱和效果器，只须在iPad上安装AmpliTube应用程序，然后把电吉他插入iRig，再把iRig插入iPad耳机接口，就可以享受难以置信的声音效果了。

　　一切就是这么简单，带上吉他和iPad开始摇滚吧！

iRig Mic麦克风

参考价格：560元

    iRig Mic是IK Multimedia推出的一款高品质手持式电容麦克风，附带一个双3.5毫米插口连接器，支持耳机、音箱和混音器实时监听，并可放置在标准的麦克风支架上使用。iRig Mic可直接插入iPad、iPhone或iPod touch，支持高质量的录音，有近距离和远距离两种录音设置，录音效果远远好于iPad自带的麦克风。iRig Mic适合音乐人士和业余爱好者使用，可用于录制歌曲演唱、乐器演奏、演讲或采访。

    有了iRig Mic，只须打开iPad，随时随地都能K歌。

无线类

华为E5 系列3G无线路由器

参考价格: 835元

E5830
中国联通

E5805
中国电信

ET536
中国移动

　　目前在中国销售的行货iPad，只有Wi-Fi版而没有Wi-Fi+3G版。因此专为iPad随时随地上网而设计的3G无线路由器出现了。这类产品的原理是，首先利用自己的3G功能拨号上网，然后再通过自身的无线路由器功能，将3G网络通过Wi-Fi共享给其他需要上网的设备。

　　华为出品的E5系列3G路由器是此类产品的佼佼者。由于中国联通、中国电信和中国移动三家网络运营商的3G网络制式不同，E5系列产品与之对应的型号分别是：E5830（中国联通）、E5805（中国电信）和ET536（中国移动）。

　　3G无线路由器适合于出门在外并需要随时上网的iPad玩家。需要说明的是，三家网络运营商的3G上网速度和资费各不相同，3G上网卡也需要单独购买。

Apple AirPort Express无线基站

参考价格：728元

　　AirPort Express无线基站是一款多功能的小型无线路由器，把它与会议室、酒店的有线网络相连，就可以快速地建立Wi-Fi网络，使iPad能够无线上网。将任何一部音箱与AirPort Express相连，就可以通过iPad的AirPlay功能将音乐无线传输到音箱，即使没有Zeppelin Air无线音箱也能够享受无线音乐的乐趣。同时，将打印机与AirPort Express相连，还能够为电脑提供类似AirPrint无线打印的服务。最后，AirPort Express也能为已经存在的无线网络提供桥接和扩展的服务。

　　受到网络运营商的限制，华为E5系列3G无线路由器只能在中国使用。AirPort Express无线基站采用的是100伏～240伏宽电压设计，全球通用，适用于酒店、家庭、学生宿舍等已经存在有线或无线网络的环境。

充电类

Kensington PowerBolt Duo车载充电器

参考价格：228元

　　使用这款Kensington（肯辛通）出品的PowerBolt Duo车载充电器，可以同时为两部设备充电，包括一部iPad和一部iPhone，或者两部iPhone。它拥有两个USB充电端口，一个2.1安端口可满足iPad充电的需要，另一个1安端口可为iPhone、iPod touch或其他移动设备充电。

SANYO eneloop Mobile Booster KBC-L2B充电器

参考价格：380元

　　SANYO（三洋）的eneloop系列充电电池，是世界领先的高效环保充电电池，支持多达1000次的循环充放电，电池充满后放置一年，仍然能够保持85％的电量。该系列电池一向是摄影及数码玩家心中的首选，就连苹果的充电器套装，使用的也是SANYO定制的eneloop电池。

　　Mobile Booster是SANYO专为移动设备充电而推出的产品系列，采用了eneloop的尖端技术，外形美观，安全性强，便于随身携带。这款型号为KBC-L2B的充电器内置锂电池，是老款KBC-L2A的升级版。其重量仅为130克，拥有5000毫安的超大容量，带有两个USB充电端口，能够稳定输出1安的电流，是iPad、iPhone等数码产品理想的备用电源，可满足外出时应急充电的需要。

游戏类

Ten One Design Fling游戏摇杆

参考价格：130元

　　iPad中有许多游戏需要操纵屏幕上的虚拟摇杆来控制方向，但是虚拟摇杆没有任何手感可言，对于某些玩家来说这也许是非常糟糕的游戏体验。现在，只要使用Ten One Design出品的Fling游戏摇杆就可以满足这些玩家的特殊需要。

　　Fling采用树脂材料制成，无需插电，也不需要与iPad有任何的线缆连接。使用时只要把摇杆的中心点对准游戏中虚拟摇杆的中心点，再用吸盘把摇杆固定在iPad屏幕上即可。Fling的黑色按钮在使用时还能产生类似弹簧一样反馈的力，重新为玩家找回物理游戏摇杆的快感。

ThinkGeek JOYSTICK-IT游戏遥杆

参考价格：160元

　　JOYSTICK-IT是一款金属游戏摇杆，是ThinkGeek专为喜欢街机游戏的iPad玩家量身打造的。它的底部有一个塑料吸盘，可以吸附在iPad的屏幕上，并且不会划伤或者磨损屏幕。它的杆身由金属铝制成，质感十足，适中的大小保证了操纵时的手感，同时也不会遮挡太多的屏幕画面。玩家甚至可以在iPad上同时安装两个JOYSTICK-IT，和朋友来一场真人双打，重温当年在游戏机厅里对战的感觉。当然，JOYSTICK-IT的使用有一个前提，就是游戏本身必须提供必要的按键位置。

ThinkGeek iCADE街机模拟器

参考价格：1350元

　　把iPad变成一台街头游戏机，这原本只是愚人节的一个玩笑，最终却被ThinkGeek变成了现实。iCADE采用老式游戏机摇杆，共有3组8个按钮，通过蓝牙与iPad连接。目前App Store中已经有100多款游戏与iCADE完美兼容。如果觉得用JOYSTICK-IT玩游戏还不过瘾，快来试一试iCADE吧！

飞行类

Parrot AR.Drone无人驾驶飞行器

参考价格：2400元

    Parrot出品的AR.Drone是一款类似直升飞机的航模玩具，拥有4个螺旋桨，配备了重力感应器、陀螺仪、机械控制芯片、摄像头和Wi-Fi装置，通过iPad、iPhone或iPod touch进行遥控，可以在室内或室外飞行。AR.Drone可以将摄像头拍摄的飞行画面实时传送到iPad屏幕上，配合官方的应用程序，还可以进行交互虚拟空战，让玩家体验逼真的第一飞行视角带来的震撼效果！关于这架飞行器的详细使用方法，请看本书配套光盘中的"AR.Drone飞行指南"视频教学。

附录 iPad常见问题解答

问：越狱是什么意思呢？

答：越狱是指犯人从监狱里逃跑，有一部著名的美国电视连续剧也叫《越狱》（英文名：Prison Break）。不过在苹果的世界里，"越狱"被称为Jailbreak或JB，是指通过对iOS操作系统进行破解，获取系统的最高控制权，就好像逃出了苹果设下的"监狱"。其目的是可以安装App Store之外，未经苹果审核及许可的程序。

问：我真的需要越狱吗？

答：不一定。越狱的好处是可以安装其他的中文输入法（比如搜狗输入法），可以进行个性化的设置。但是越狱后的iPad无法得到保修，还有遭遇病毒和恶意程序的风险，系统会出现莫名其妙的问题，有可能发生死机等不稳定的情况。而且iOS操作系统升级之后，越狱时安装的输入法和个性化设置就全没了，必须重新越狱再来安装和设置一遍，非常浪费时间。不过越狱并不违法，就好像有人喜欢改装自己的汽车一样。

问：要如何进行越狱呢？

答：需要使用黑客开发的越狱工具进行越狱。常见的越狱工具有redsn0w、PwnageTool、Sn0wbreeze、Jailbreakme、greenPois0n、limera1n等。并非所有的iPad都能越狱，针对不同的iOS版本，需要使用不同的越狱工具，因此没有一个标准答案。比如对于iOS4.3.3版本的iPad 2，直接使用Safari浏览器访问http://www.jailbreakme.com，轻按"FREE"，再轻按"INSTALL"，稍等片刻，如果iPad中出现Cydia图标，标志着已经成功越狱了。

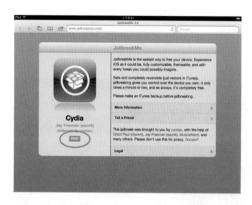 

问：越狱之后要做什么？

答：除了安装不同的中文输入法，进行个性化的设置，还可以做很多的事情，篇幅所限，三言两语无法详述。请参考《iPad 2玩家进阶必读》了解更多的内容。

问：越狱失败了怎么办？

答：需要将iPad恢复到出厂状态，请参考第3章中的iPad备份与恢复相关内容来进行iPad的系统恢复。另外，越狱后的iPad送去保修之前，也需要恢复系统。

问：从网上下载的IPA应用程序如何安装？

答：后缀名为IPA的iPad应用程序，需要通过购买者在iTunes中授权才能安装。除了在App Store中直接购买的应用程序，其他渠道提供下载的都是盗版的程序，iTunes无法进行安装。虽然iPad越狱后可通过第三方软件安装这些程序，但是盗版行为为不予推荐。

问：购买正版的应用程序有什么好处？

答：iTunes Store中保存有用户的消费记录，即便iPad或电脑损坏，仍然可以重新免费下载购买过的所有应用程序。正版应用程序可以终身免费升级，程序中的数据（比如游戏记录）支持备份，即便对iPad恢复系统也不会丢失。使用正版应用程序可以节约大量的时间，不需要天天泡在网上搜索，等待别人"施舍"盗版软件，用省下来的时间去工作和学习，能够为自己创造出更多的价值。购买正版应用程序，是对程序开发者的尊重和支持，他们只有受到更好的支持，才能开发出更多优秀的程序。

问：没有信用卡怎样购买应用程序？

答：没有信用卡可以购买免费的应用程序，还可以通过网络代购的方式，购买美国的iTunes礼品卡，对帐户充值之后就可以购买应用程序了，请参看第3章中的兑换代码的介绍。

问：网络上卖的iTunes礼品卡可靠吗？

答：淘宝等网站上有一些不法商贩，以极低的价格销售iTunes礼品卡，或代购应用程序的兑换代码。比如10美元的iTunes礼品卡售价不到10元人民币，0.99美元的游戏只卖1元人民币。这些就是所谓的"黑卡"，是不法分子盗用别人的信用卡购物之后，重新拿到网站上销赃。使用黑卡消费，会被苹果公司封掉Apple ID帐户，结果占小便宜吃大亏。而且购买黑卡是帮助销赃的行为，也是违法的。因此在购买之前，请仔细分辨。

问：在国外购买的iPad和国内的有什么不同？

答：苹果公司在全世界销售的iPad都是统一的产品。不过苹果公司会根据销售国家的不同，在包装盒内配备不同国家标准的充电器和不同国家语言的说明书。另外，在国外购买的iPad如果出现质量问题，可能要送回原购买国才能得到保修。在国内购买的所谓"水货"，即便商家承诺有保修，也可能要被退回到"水货"的原购买地才能得到保修。

问：iPad可以使用网银吗？

答：由于Safari浏览器不支持Flash和Active X技术，国内大部分银行的网银是不能直接在iPad上使用的。不过随着iPad的普及，银行越来越重视这部分市场，目前已经有部分银行推出了iPad和iPhone版的网银程序，可在App Store中搜索或向银行方面咨询。

问：iPad为什么不支持Flash?

答：苹果公司认为Flash是种过时的技术，它会大量消耗系统资源，导致机器速度降低，发热量增大。目前有一些网页中的动画和游戏是通过Flash制作的，这些内容在iPad中将无法显示。

问：iPad下载应用程序时可以休眠吗?

答：从App Store中购买应用程序时，iPad支持后台下载和断点续传。程序下载时轻按程序图标可以暂停当前的下载，再次轻按图标程序将继续下载。另外，iPad在休眠状态下仍然可以进行应用程序的下载和安装。因此，程序下载时用户可以进行其他的操作。

问：iPad需要关机吗?

答：iPad和手机一样，有开机、关机和休眠3个状态。平时只要休眠即可，不需要关机。休眠状态下iPad电池待机时间长达1个月，而且可以随时唤醒。如果发现iPad运行的速度有些变慢，可将iPad关机后重新启动，这样能够清除缓存，使iPad的系统运行更顺畅。

问：如何延长iPad电池的电力?

答：避免在温度过高或过低的场合使用iPad，在设置中关闭不常用的邮件帐户，关闭邮件的推送改用手动获取新数据（设置>邮件、通讯录、日历>获取新数据），关闭程序的通知功能（设置>通知），关闭蓝牙功能（设置>通用>蓝牙），关闭锁定声和按键音（设置>通用>声音），关闭iPod均衡器（设置>iPod>均衡器），缩短自动锁定时间（设置>通用>自动锁定），关闭系统后台的多任务程序，降低屏幕亮度，必要时关闭Wi-Fi。每个月至少进行一次充电循环，即将电池完全用光，然后再将电池充满。

问：iPad适合的工作温度是多少?

答：iPad的最佳使用温度是0℃至35℃。温度过高或过低可能会导致iPad暂时无法工作，并缩短电池的使用寿命。

问：可以用电脑为iPad充电吗?

答：使用USB线缆将iPad与Mac电脑连接时，iPad可以被充电。与PC连接时，iPad会显示"没有充电"。这是因为Mac电脑对USB接口进行过优化，提供了比PC更强的电力。不过，只要将iPad休眠，PC仍然可以为iPad缓慢充电。